我還在這裡

宋尚緯

推薦序／真沒想到你能來到這裡啊，接下來就由我鎖鏈的人生來做你的對手

美國的台裔喜劇演員陳士駿（Jason Cheny）最著名的喜劇段子之一，是在一個名為「別說喜劇」（Don't Tell Comedy）平台的一分鐘的橋段。陳士駿在台上說：「小時候我從來沒搞懂，為什麼有這麼多人無家可歸。我爸說，因為他們懶惰。長大後我才明白，無家可歸的人就是我們一般人，一次拿到太多驚喜。」

尚緯的書中不乏許多拿到太多驚喜的人。無論是經濟受挫、原生家庭的掙扎、精神疾患等等。書中許多的困境如同荊棘刺人，血流滿面，全身是傷。掙扎地活成了痛苦的模樣。對世界懷抱著不解，或是惡意。蓄積堆疊，最後成為了一個巨大的坎，讓生活的每一件事情都舉步維艱，困難前行。

但這些驚喜如何讓我們如此卻步呢？〈試著使自己更乾淨一些〉裡有一句話是，「幼時希望他人將我們視為成人對待，真的長大後，卻還是想被他人像對待孩子那般寬容」，會讓我想到坊間關於所謂「內在小孩」的概念。

這一概念具體來說，源自於精神分析理的討論。在客體關係流派，也就是精神分析從佛洛伊德逐漸走向討論環境、重要他人的影響時，有幾個不同的人物提出了個別的看法。當中岡崔普（Guntrip）整合了他的同輩觀點，提出了退化自我的概念。而這也逐漸轉化成現行坊間裡討論的，內在小孩的起源。

岡崔普的概念是這麼說的：童年時期的拒絕與剝奪，會讓人最後分裂出兩種自我，一種是認同並想要重要他人隱藏起來不被我們看到的，深處的特質（例如慈祥的父親在夜晚時寂寞喝酒的時光，或是陽光的母親關上門後疲憊的樣態），另外一方面卻是認同父母對自己的拒絕，並學會鄙視自己的脆弱與需要。如果童年的拒絕與剝奪到了極致，除了這兩種自我的分裂以外，也會逐漸長出一種退化的自我。這種自我什麼都不要了，他放棄了某部分的自主權，決定自己想要什麼的能力，而是強烈想退回一個更被保護，更被無條件的愛的狀態，以一種瀰漫的自我軟弱感，以徹底的無助感與絕望感來表現自己。

退化自我的概念，後來被用來指涉那些遇到某些議題困境時總是會卡住，會退行，最後展現出跟其他時刻的自己完全不同樣態的人。但更細緻一點來看，在掉回去這種完全的退化之前，外界所給予的即時的同在感是有一定幫忙空間的。我常常會想，或許內在小孩的概念能夠被推廣，被理解，或許就是因為有一群人，他們一方面想要做到全面的退行，另一方面卻也能明白，這麼做無疑是將成為大人該做的責任轉嫁給其他人。在兩端的拉扯中，或許透過某幾次有人遞出的，與你同在的感受，因而能夠在生活中生存之後，對於內在小孩仍然有著巨大的同理與感受。

畢竟真正的孩子，並沒有所謂的內在小孩。某些只有孩子氣的大人，是不能夠明白內在小孩的有趣之處的。

波蘭作家維特多．沙博爾夫斯基（Witold Szabłowski）的書《跳舞的熊》（*Dancing Bears*）裡討論過。我們以為在威權底下，人民會漸漸地變成一個又一個成熟穩重，知書達禮，知武善勇，進退有方且不做出出格行為的人。但隨著威權退去，海浪退潮，剩下給予大家的，只是一個又一個無法思考，僵化，卡住，退行，乃至於放棄人生選擇的跳舞的熊。你感覺他們不可理喻，莫名其妙，但實際上由於欠缺玩、欠缺嘗試、欠缺陪同的思考與理解，只有拒絕，剝奪，與傷害，他們沒有辦法很坦率的告訴你，內心的小孩都還沒來的及長大，人就老了。因此他們胡鬧，謾罵，自以為是又自恃甚高。懷念史達林與列寧，並會說出當年這些獨裁統治者沒把你們全都抓去槍斃對你們太好了等話。

這與殷殷期盼著媽媽下班買巧克力回家，卻落空的孩子說的，「我等得這麼辛苦，媽媽卻不買巧克力給我吃，我最討厭媽媽了，我再也不要看到媽媽」，又有什麼不同呢？

關於人生是這樣子，有人會說，必須要走過地獄之後，才能夠體驗他人的痛苦。因而希望人生能對自己再溫柔一點，但人生就是迷因圖中的康妮。你看他帶著笑容，說出口的卻是「真沒想到你能來到這裡啊，接下來就由我鎖鏈的人生來做你的對手。」然後將你打得摸不著頭緒。真正能夠溫柔以待自己的，其實不是鎖鏈的人生，而是人。是他人，與我們自己。

但老實說，人生之所以是人生，而非人死，就是因為活著的可能性。有人在成年後才開始慢慢餵養起內心的小孩，一點一點地透過可消化的，新的經驗修正過去的膝反射，修正並重新檢視某些只想畫成一灘爛泥的狀況。像是準時上班、替同事或客人多思考一些、對所有人，如鄰居，管理員，服務生，店員等，懷抱著最基礎耐心與友善、真的玩半個小時或一個小時遊戲、報名週末喜歡的課程、運動、真正打開書閱讀而非單純買書或借書、打掃家居、餵食寵物、丟垃圾、寫論文、打開 Line 並友善回應長輩矛盾不一的訊息、帶長輩就醫、帶上自己就醫、減糖、對自己與他人的小孩和顏悅色但要有界限。

的確，那個過程痛苦，煎熬，咬牙苦撐卻又不見得能得到同等的快樂。有時候還會想問自己，明明沒有被這麼善待過（其實有，但我們當下絕對無法這麼回想起來），為什麼還要當這種好人。這樣的整個過程像是復建，像是運動，像是閱讀。

至少你還在這裡，至少你還撐著，至少你還沒有放棄成長。你可以告訴自己，今天我又完成了巨大的困難，因此我變得更為成熟。

看似違反直覺的這一切，反而才是解方。人的痛苦本就是無時無刻的要你躺平，要你選擇一個迅速緩解的作法。但沒有哪種小孩可以一夜成長，沒有哪塊肌肉有辦法一堂課就練起來。這一切雖然緩慢，卻能在過程中逐漸調和巨大的空虛與擺爛的快樂，讓我們變得對事情稍稍敏銳起來，對小的感覺也能夠更有效的接收，理解在寫作中時常出現的，那些所謂的幽微的感受是什麼。

而當我們能做的事情越來越多，我們發現自己原來不是那麼糟糕的人，逐漸能夠講出一些只有別人才能說出的話時，那些話背後的思考才會真正被體驗到。我們才能夠明白為什麼會有人夾在許多事情中間而左右為難。我們能在男友或女友忘記在下班時買巧克力回家時「哦～」他一聲，並能自己出門去買，還詢問對方要不要帶點什麼回家，因為我們知道他們工作一天也已經心力耗竭。

尚緯的新書，講述的或許就是這個過程。講述的就是他如何來到這裡，也不那麼生氣了。就只是對於人生某些荒謬的事情感到無奈，卻也不至於悲觀的境界。

而在這時，如果重新觀看人生，就會發現所謂的鎖鏈的康妮，不過就只是個邋著鞦韆的女孩罷了。他既開心，又無辜。他只是想與你玩。而某些他玩鬧似的敲在你身上的痛，隨著內心的孩子逐漸大了，也就不像小時候那樣痛了。

——孔元廷，精神科住院醫師

自序／敘《我還在這裡》

0

我的記憶長期一直處在一種混亂的狀態，有時候我分不清楚那些曾發生過的事情究竟是什麼時候發生的——好吧，其實是大多時候。所以常常看到人家對於發生在自己身上的歷史如數家珍時我會有種由衷的敬佩。那種常見的什麼「二〇〇八年春天我發生了……」我每次看到都會覺得，哇，那些人怎麼能將過去記得那麼清楚，鉅細靡遺，沒有遺漏，這樣不會很痛苦嗎？

我後來忘記在哪本書裡面看到過，「遺忘是很重要的能力」，當我們的人生什麼都記得，那在大部分情況下，我們會過得和什麼都不記得一樣悽慘。想想也是，認真回想起這三十餘年的人生，卻發現沒辦法想起什麼具體的事情。

這樣也好，畢竟我的生活之於我來說，就是一部散亂且簡短的野戰史。

我根本沒有一個生活的主軸，純粹是活到哪裡就是哪裡。就像我出的書籍，我自己都不覺得那是一本本「書」。我是指，我沒有一個明確的主旨、沒有貫穿整本書的主軸、沒有主題，甚至有的時候整本書都做完了我才開始找（或者請編輯協助一起找）主題。

我甚至根本沒有追求，好像人生活到哪就是哪了。

1

我以前剛寫作時曾給自己很大的壓力，或者外在的、或內在的。我也曾經是個眼中閃爍著熱情（相比現在）的文學少年。在這十餘年來我一直重複提到，我是個笨拙的人。在這個時代裡寫得比我更好的人比比皆是，過去的我認為我已經沒有任何優點了，就只有一個才思敏捷能稱得上是我唯一的優點（與其他的缺點相較起來的話），其他的，也許就是因為從小生活的環境，導致我接受狀況的速度非常地快。我很快地就接受了我沒有人家好的這個事實，並且確定好自己的方向就朝那個方向一直前進。而我是在很後面才察覺到這件事情。

我是怎麼樣的人？我一直在想這件事情。

我當然可以鉅細靡遺地談起我苦情的歷史，那個父母幾乎從不知道詳情的被霸凌史，騙騙篇幅與稿費；也可以大談我悲傷的心路歷程，將其包裝得無比高貴，彷若我是一個心理層次極高的修行人（我是指，和尚那樣的）；也可以每一次都著重於我是一個從底層的環境中孜孜矻矻爬上來，最後迷途知返，實際上做出來的行為卻比說出來的語言還要骯髒的少年人（現在是中年人了）。

那些都沒有什麼不好，可是我偏偏不喜歡。也許就是這樣個性上一點執拗的任性使我現在的處境也進退維谷，進也不是，退也不是。

2

我主要是指我的身體狀況。從去年底（應該是去年吧）我因為感染，一直吃抗生素，吃到急診開了二線抗生素給我，吃了一個月整，加上原本的抗生素我吃了將近兩個月。接著就忙碌於本職工作，等我反應過來時，已經 CKD（慢性腎衰竭）末期了，接著就是一直拖沓，直到今年十月我的腎臟都是薛丁格的腎，在洗與未洗之間徘徊，我及我的肉體還有我的醫生在不停拉扯，做的所有努力都只是為了不洗腎而已。更別說我之前還中風（我翻了一下紀錄也已經是兩年前的事了，時間過好快啊），花費許多心力跟努力才能正常與一般人溝通、寫字。

我現在的狀況就是有一天就活一天。

其實在國中時我想不到自己會為了活著而這麼努力，我國小、國中時過得非常痛苦，每天活著我都在想今天到底什麼時候結束，為什麼我還要在這邊，明明我與那些人活在不同的世界裡，為什麼他們這麼快樂的時候，我活著卻要享盡痛苦。我自己對自己的生活沒有期待，我的親戚沒有一個人對我的生活有所期待，當時我也沒有令自己牽掛的朋友，甚至認為沒有人期待我這個人活下來。我那時候過得真的是，沒有記憶。

我記得的所有事情，都是簡史。我國小發生了什麼、國中發生了什麼，像大事紀一般的，我只記得特別深刻的事情。所以曾經有人跟我吵架，說他明明有跟我說什麼東西，但我最後卻不認，我仔細想了想整件事情，也許是我根本忘記了這件事情，我與他們道歉（但我還是覺得那不是欺負人的理由）。也有人在好幾年後突然跟我道歉他曾在某個實體場合出言諷刺我，對我極不禮貌，而我當時的反應是：蛤？沒關係啦，我忘記了。

我的記憶本身就不可信。

3

所以我寫下這些散文（或這些劄記）的時候心中是想著什麼我就寫下什麼，我很少在文章內設定目標，鋪陳並遞進，即使我知道怎麼做，但我就是覺得沒必要，我只是寫下一些什麼來佐證、記錄我當時的心情消化過後的產物。我是這麼樣一個人，我寫散文的目的不在深掘什麼人性獵奇的一面，我並不打算提供大家這種心理娛樂，只是記錄罷了。

我應該在很多地方有提過，我在論文口考時，口考老師拿著我的詩作問我說，我看過你以前的作品，你是會寫的，為什麼最後會選擇自甘墮落到用更直白的語句來寫詩呢？我一直到今日都還是一樣的答案，對我來說功能性相較起來更為重要，對我來說用更直白的語言能帶出相同的詩意，且更能令他人閱讀到我想表達的意思，也更能令語句有誤讀的可能，所以我選直白的語言來取代詩語言。對我來說，沒有完美的語言，只有適合的位置。就跟那些看似不對的人事物一樣，在對的位置久了，看起來也就對了。

寫到現在我也已經不執著要寫什麼更「大」的題目了，我們終其一生連自己都寫不完，也許我們寫了數十、數百萬字，卻還像是隔靴搔癢一樣，終究是有一個什麼自己都不知道的東西寫不到。到後面我甚至跟過去的自己已經是不同的人了，我甚至開始信神。其實到後來我漸漸也明白，重點根本不是真假，而是你願意相信什麼價值觀。像我現在相信王爺跟媽祖跟土地公等等，可是我的身體並沒有立即性的改善（你知道當你做過所有事情卻還是朝更糟的方向過去，你會很頹喪），但我願意相信，因為我相信某些事物的立意良善，而且他使我變得更好（我是指各方面）而我相信信仰——意即相信什麼，是自己的自由，我也不會干涉別人的信仰。重點是這個選擇讓你變成什麼樣的人。

重點是，我說了什麼、寫了什麼，以及我還在這裡。

目次

目次

輯一

那些曾經和疼痛

年過三十

年過三十之後，有時會回過頭看自己寫作的過程，發現自己雖然一路跌撞，卻也莫名地就堅持到了現在。總的來說，寫作這件事大抵上是我人生中堅持最久的一件事了。先不論我最開始書寫的動機，也不論我中間經歷過什麼過程與轉折，結論是我仍在寫著。有時候我會想，我居然還在寫作？這是過去的我從沒想過的事情。

過去的我都在想些什麼？我從小是那種最不讓人省心的孩子，是那種在家裡讓父母傷透腦筋，在學校裡老師也不想管教的小孩。是那種有點小聰明，但也從未認真讀過書，讀書全靠對師長的喜惡支撐，而不是為了對自己的未來負責（但我想許多人在就學時期其實也和我一樣，從未想過和自己未來有關的事情）。高中進了職校，讀了兩年後因為實在不適應當時班級的環境，所以轉到夜校去，後來進了私立後段的大學，考上國立的研究所。這個樣子的求學過程，曾被一些人下了評語：「非常勵志」。

有陣子我對這個評語非常心虛，因為我知道自己的一切大多其實都是僥倖，包括寫作。我最開始寫作並不是因為被藝術感動還是其他可大書特書的原因，憑的只是對這個世界的恨意，以及一點興趣。與許多寫作者不同，我最開始寫作對這個世界抱持著是一種曖昧的惡意，是一種會偷偷到賣場趁沒人注意的時候把泡麵壓碎再放回原位去的微小惡意（既令人感到可恨卻又讓人覺得就這樣嗎），偷偷安排一些我恨之入骨的人在故事裡遭受厄運，現實卻和故事截然不同，那些人都過得很好。之後接觸現代詩，也開始寫一些雜文，再長大一點後，我才反應過來，其實沒有人在意你的恨，你恨的那些人，根本不理解你的恨、你的痛苦。也沒有人真的在意你的痛苦，許多人在你的文字中讀到的痛苦，其實與他們息息相關，大家讀到的痛苦與傷害，其實對應到的大多是自己經驗中的創傷。

有時候我會想，如果我不會寫作，或者我不曾接觸寫作，那我現在的人生會是什麼樣子？有些必然性的事應該不會被改變，例如曾遭受過的傷害，或者身體物理上會碰到的障礙與缺憾——會不會寫作，會影響我這個人很多嗎？雖然我一向不喜歡假設，但每次想到這個可能性，得出的結論都是會。會不會寫作的我，會碰到的事是不一樣的，也會影響我的個性，甚至影響我的認知。更嚴格地說，如果沒有接觸到寫作，沒有接觸到文學，我可能會漏掉許多事物，像是我不會那麼早就意識到，一個惡人，也許他在自己的孩子面前也可能是一個模範父母，在他的愛人面前也可能是標準的好伴侶。我不是那麼聰慧的人，我沒有辦法很快便了解到，人其實是擁有多重面向的，也無法認知到，每個人都有自己的痛苦，而我們其實都是在痛苦中求存的這個事實。

整體來說我是個活得遲鈍的人，縱然心有千千結，但有些事情是這樣的，發生的當下我們察覺不到，要到之後，很之後的之後，我們才能夠從自己的日常中找到線頭，慢慢抽絲剝繭後才能發現。我是那種當下沒有辦法發現自己受傷了的那種人，要到事件發生之後的一陣子，我有空檔了，才能夠慢慢思考自己身上到底都發生了什麼。這樣子的好處是，我的日常生活是憑本能在過的，我靠本能就能夠大致解決自己所碰到的諸多障礙；壞處則是，因為憑靠本能的時間太多，當我一直沒有辦法反應過來的時候，我就會一直忽略自己的創傷，拖著傷口過活。

前面花了一些篇幅談自己的思路順序，卻總覺得越談越亂。我花了很長的時間整理自己到底想要什麼，包括書寫，有段時間自問：我寫字究竟是為了什麼？以前為了紓解自己的痛苦，後來認知到他人的痛苦之後，我問自己，我能夠做些什麼？我寫作只是純然為了滿足自己說話的慾望而已嗎？我是不是能做更多的一些什麼，來幫助和我一樣處在痛苦裡面的人？我寫作一開始是為了自救，後來有段時間認為自己也許能夠救人，現在則是認為我還是只能自救，我不確定自己能不能幫助到其他人，但我持續書寫是為了留下一個思考的紀錄給自己，也給其他人參考。

以前的我認為文字有極大的力量，認為文字就等同於思想，有極大的能量在。近幾年有些反思，大家都在說文學是民眾的武器，但事實上並不是，文學握在民眾手中其實是貧弱的，當大家面對的是不平等的暴力，文學是無用的，文學沒有立即性拯救他人的用處。文學被當權者掌握是極有殺傷力的思想武器，但在此之前，我們應該了解的是，文學是如何去貼近常人，如何引起他人的共鳴，進而才能成為對心靈的救贖。我們需要理解的是，當我們在談文學介入社會的時候，我們介入的到底是什麼？我認為文學其實是一個契機，令我們能夠理解自己過往曾做過的錯事，將我們召喚回那一刻，為我們曾有的創傷解套，給我們一個使自己從過往的傷害解脫的可能。

30
試著使自己更乾淨一些

年輕的時候對這個世界彷彿有說不完的話能說，憑著一點小聰明與一些機巧，對著很多看不過眼的事情說了許多話。說是年輕的時候，但不過也就這十年間的事情罷了。前陣子用臉書的回顧功能，看了自己這些年在臉書上說的話，憤怒有之，悲傷有之，無奈有之，唯一能感受到的是自己一年比一年要來得更衰老一些。

衰老其實也沒什麼不好，是人都會老，問題只在於我們要怎麼面對「老」這件事情。以前總覺得自己是有準備的，現在想想，那時我有準備面對的，只是年輕狀態的延伸而已，並非真的面對「老」這件事。老這件事很有趣，幼時總恨他人將自己看小了，舉止處處假作成熟。年輕的時候總是一下子就覺得自己老了，高中的年紀看著國中生們開口就是我老了閉口就是想當年，當年紀真的到了某一個階段時，卻回過頭來一口咬定自己才剛過十八。想想我們也許也不是真的在追求老或少的狀態，而是對自己所沒有的那個狀態的嚮往，幼時希望他人將我們視為成人對待，真的長大後，卻還是想被他人像對待孩子那般寬容。

有時會想支撐著我一路向前的動力到底是什麼，在上一期我寫自己憑藉著的其實是一股恨意。這個恨意幾乎貫穿了我的一生，我什麼都能恨，從自己的人生到對這個社會對某些人的不公平，我幾乎都能問一句，憑什麼？我一直覺得人生的劇本（若有的話）是一場非常盛大的荒謬劇，許多人可能一生都只是在追一個原因，為什麼是我而不是別人，為什麼這些事情會被我遇到而不是其他人——你們要知道，故事發生在別人身上那就是故事，發生在自己身上，通常多半都不會令自己感到舒心。然而人生的荒謬在於，當你理解到許多事其實並沒有原因，他就只是發生了，發生在自己身上而已的時候，通常你的人生也快過完了（個體之間會有時間的差異，我希望自己是醒悟的比較早的那一批人）。

在這些時間裡讓我感受最明顯的，就是通常我們在講老去這件事情，雖然多半是以物理為主，但其實我們在說的是心態——我前幾年也是這樣以為的。有些老師雖然老，但心態比我要年輕的多，不僅是出席活動的頻率，還是對議題的熱情度，都比我要高得多，我在旁看除了佩服之外沒有第二感想。一直到最近這幾年我才逐漸感受到，雖說我們在講老這件事說的是心態，但還有另外一個狀態，是身體影響自己心態的狀況。老其實是一種脆弱，如果我們不願意接受自己的脆弱，那個反應，反而是一種難堪的醜態。

以前常常會看到一些人遭遇公關危機的時候，做出的反應總是超乎意料，每一個動作都像是在提油救火，當時的我一直無法理解，為什麼？明明有更好解決的方法，為什麼總會選擇一些令人匪夷所思的反應？這件事情一直到我這兩年身體狀況迅速下滑才想清楚。有可能對他們來說，他們也並不想要這樣，只是都輸給了自己，身體長期的病痛使得人的內心也跟著變脆弱了。

以前的我會覺得，即使痛苦，自己應該也還是自己吧？現在的我只想跟以前的自己說，不，那是因為你痛苦的還不夠久。這幾年來和身體的對抗對我來說已經逐漸地趨於明朗。雖然煎熬，但我知道自己究竟在和什麼抗衡著。即使清楚，但仍然是既痛苦又漫長的一件事。這整件事對我來說最大的區別應該就是在心靈的強韌度上。

目前的我，心靈健壯度其實是遠低於以前的自己的。

以前的我依靠大量的糖分吊著自己的身體，使自己的情緒穩定，也讓身體不要過度影響心情。即使暴躁，只要吃點甜的就能瞬間恢復狀態。我甚至可以在面對惡意的時候，一邊吃著甜食，一邊在內心中的小房間裡創造一個舒適的空間，躺在沙發上笑嘻嘻地看著將惡意砸在我身上的人們，將他們當作小丑，找到他們的弱點一一擊破，現在卻完全不是這樣。

現在的我別說抵禦別人的惡意，我連抵抗自己的惡意都十分艱難。

雖說在這種狀況下訓練自己要以善意對待他人，不將自己心中的垃圾隨意拋出，不露出惡意對人的醜態十分困難，但我覺得和以前靠著糖分撐出來的餘裕相比，現在的我雖然艱難許多，但比起以前卻更踏實一些。以前的我認為不亂丟情緒垃圾是人的義務，現在的我認為人只要能將自己的情緒垃圾整理好，並且不隨意扔棄，就是一種使自己更乾淨一些的修行。

寬容

幾週前收到一則訊息，大意是多年前對方曾經在某個場合對我說出很不得體的話，希望我能原諒他。我一頭霧水，因為我根本不記得對方說了什麼，甚至不記得他是誰。後來稍微聊了一下，他談到這幾年來經歷的事情，在多年後他遭遇到類似狀況時，突然感受到，多年前對我說的話，其實很不得體，所以決定傳訊息給我，向我道歉。

我後來也仔細思考了一下，可能是類似的事情實在是太多了，我竟沒有多少印象，甚至連發生過這件事的記憶都沒有。

我才想到，不管我們願不願意，在成長的過程中，我們必然會感受到自身與身分政治的連結；許多時候，甚至我們在理解身分政治是什麼東西之前，就先感受到自己因為身處的群體，所受到的傷害（或者是優待）。然而，人多在受到不平等對待時，才會體會到自己遭遇到的不平等。而被優待的人，往往只是享受被優待的待遇，還認為自己所受到的這些善待，是應得的。有些時候在一些小地方，看到每個人不同的反應，就能感受到，一個人對這個世界究竟是游刃有餘地過著，還是左右支絀地活。

而我是活得左右支絀的那一方。

曾看過一些人非常自信地說，他所有的一切都是應得的，因為自己勤奮又努力。他認為自己所擁有的一切，都來自於他的自律及努力。看到這種人，我感受十分複雜。也不是說嫉妒，我知道這世間有許多事是嫉妒不來的，我只是羨慕這些人為何能夠如此自信。換句話說，對他們而言，人生只要有付出就會有收穫，無論收穫多寡，至少沒有慘賠的狀況。然而我知道許多人，包括我自己，都遭遇過一切努力付諸流水的境況。

年輕時的我，迷信著「沒有結果一定是不夠努力」的說法，將自己和重要的人都逼到窄巷。現在我自然是知道的，對許多人來說，「我已經夠努力了」只是一種遁辭，只是我們這些艱難的人替自己找的藉口而已，因為那個時候的我就是如此。

有的時候覺得人生艱難，但轉念一想，每個人都認為自己的人生艱難，人生的存在本身，彷彿就是艱難。近幾年，愈來愈有種每個人的每個行止都有意義的感受，過往那種沒有成果就是白費工夫的想法，反而愈來愈少了。說起來，我們看他人的人生認為沒有意義，也是很正常的事，因為他人的生命與我們毫無瓜葛。雖然我常常戲稱自己總在社群網站上面發廢文，但對我來說，那些廢文，就是我的生活；我只是知道，那些內容對他人來說毫無意義，所以也自然地稱其廢文。

我其實不排斥在臉書上和大家分享自己生活中的趣事，但極少在臉書上公開講自己遭遇到的爛事，因為我理解在這個時代，大家的體感距離一下子被拉得很近，但內心卻還是一樣遠。其實，網路時代和之前的時代並沒有多大的差別，我們能幫助的人一樣有限；能幫助自己的人，也同樣有限。

在這個時代裡，我們唯一要做的，就是維持對自己以外的世界的關注；只關在自己的世界裡，雖然很舒適，但我以為也頗為危險，因為如果只關注自己，很容易就會讓自己忘了自己到底是誰（才容易說出一些讓人覺得你是哪位啊的發言）。

雖然在這個世界裡，光是關注自己的情況，就已經令人疲憊，但如果可以的話，稍微關注他人也是好的吧。畢竟，我們都無法獨立存活在這個世界上，關注他人，其實也是為了自己。

在我們學習如何寬容地看待自己的同時（我想，寬容地看待自己，應該遠比寬容看待別人要來得容易），也試著更寬容地對待他人。對發生的事情，自己覺得有沒有意義都好，在人生中發生的任何事情，都不會是沒有意義的；會有這種念頭的話，也只是我們還沒找到那個意義是什麼而已。

人生如荒野，遍地都是路

前陣子大學考試剛過，看到社群網站上幾家歡樂幾家愁，有些人哀嘆自己寫得不好，有些人則是還能輕鬆自嘲說為他人的排名做出了貢獻，將他人的排名往前推了一些。每年都是這樣的，作為一個已過三十的少年（我精神上希望自己是），其實對這很無感。畢竟考試對我來說已經是很久遠的事情了，而且對我來說，考試這回事，不只是久遠不久遠的問題，而是我從未真正重視過考試，也從不認為人生只憑考試就能決定一切。

大考那天，我工作結束回到家，看到一個考完的學生坐在我家樓下便利商店口的矮階上哭著，我要進家門前，他打給父母的電話剛好接通，他第一句話就是：「媽我考差了……」我當下有點想回頭拍拍他的肩膀，但想想也不知道自己該說什麼。有些話，雖然說起來是實話，但人在聽到的當下，只會覺得那是風涼話而已。

回到家後，我不由得想起自己的求學過程。雖然不是什麼峰迴路轉的艱困路途，但也磕磕碰碰一路跌撞讀到了碩士畢業，並被他人評價為勵志的經驗。這也不是什麼值得一提的事，只是有時候會回過頭想，從讀書開始，我就沒想過自己要做什麼、能做什麼，但時間也完全不會等待我想明白，就推著我一路到了現在。

高中的時候，我讀的是資訊科，說是資訊，其實就是電子科的變形，課業包括電子學跟電工實習，偶爾穿插一些理工科的知識。但我讀什麼都讀不好，也無法跟同學建立良好的社交關係，最後因為參加了文學獎得獎，科主任問我，有沒有考慮轉科。我到現在還是很感謝科主任有那樣問我，如果不是這樣，可能我就在職校裡半死不活地讀到畢業，找一個考得上的科大就讀，最後在不是很快樂的人生裡做著不是很快樂的事（雖然我現在也很難稱得上是快樂，但至少這是我自己選擇的）。

後來我自己研究了一下轉科的資料，因為我的成績不能轉日校的普通科，我就轉夜校。為了能夠轉夜校，我偽造了母親的簽名簽下了休學，都辦好之後，我才回去跟父母商量，跟他們表示我讀得真的很痛苦。接著，我成功進了夜校，之後同樣偏科嚴重，最後考大學學測，考出來的成績也並不理想。我還記得當初去文化大學面試，負責處理報到的學長姊翻著名單，我看著那個名單的順序是照成績排的，我還提醒他一句：「可能從後面翻回來會比較好找。」最後在倒數第二張找到我的資料。

之後我考上了大學，在大學仍然是跌跌撞撞。我做副業的時間，可能比讀書的時間還要來得長；我的大學生活，不是在轉賣超商的點數商品賺錢，就是透過網路遊戲賺遊戲幣換現金。我一直很羨慕有目標且堅定前進的人，因為我自己是一個沒有生活目標的人。以前曾在詩裡寫過自己是石頭，看著水、砂石與藻類經過我的身邊——我到現在偶爾還是會這麼想。現在回過頭看，我的人生漫無目的到一個令人髮指的地步，連考研究所都是截止日剩沒多少時間，大學的教授跟我說要不要試著去考看看，我在剩下的時間努力生出資料和作品集，最後壓在死線邊緣成功考上。

後面的事對我來說反而沒有什麼值得說的了，我的人生並沒有什麼考上了研究所後天靈蓋彷彿被人一掌劈開，忽覺眼前一片光明，前途清晰無比的狀況；我沒有立志成為偉大的作家，也沒有突然立志要增進自己的學識涵養。原本以為畢業後會找一個編輯的工作做，但因為許多突發的事件，最後竟不得已開始經商。這樣被生活一路折磨，偶爾閒暇時寫寫文字的時間，竟也過了四年有餘。

寫了許多，其實只是想說，許多時候，我們總以為自己會因為某些事便使得人生的路像是被斷絕了一般，但其實並沒有。我以為生命更像是一片荒野，到處都是路，只是有些路走得較為輕鬆，有些路走起來特別痛苦。我們以為自己是繞了遠路，但也有可能，近路一走過便是深淵。人生實在很難單憑幾個事件，便能斷定毀滅與否。

許多時候我也相信，痛苦的那些過程，會使我們更好。不過，這也可能只是我這樣世人眼中失敗者的自我安慰而已。

每個人都有自己的地獄

最近好像是女同志現身日（四月二十六日）與國際不再恐同日（五月十七日），我在社群網站上看到有一些朋友提起，大家都希望同志們不用再特別假裝成「正常人」來迴避一些不正當的對待，也看到一些朋友說到過去曾試著假裝成一個「正常人」，就為了融入其他人的圈子，讓自己看起來與他人並沒有任何不同。

這讓我想起來一件事情，在好多年前，我曾經遇過一個同志，當時我們還是朋友，他對著我侃侃而談：「你們這些胖子就是不自愛才會變成這樣，我從小就知道自己是同性戀，承受的壓力比你們大多了，我也沒有靠吃來排解壓力啊。我覺得你們應該要先控制好自己的外觀，讓別人看你們順眼一些。」當時的我回了他也不是很禮貌的話：「對啊，你不用吃來排解自己的壓力，你用放浪來紓壓。」

這整個對話雖然短短的，但其間有兩個問題，第一個是他對胖子刻板印象的歧視，第二個是當時的我對同性戀（或對他）刻板印象的歧視。事隔多年突然回想起這件事，我想說的，其實只是一件事：我並不認為這個世界是很美好的，每個人都有自己的世界觀與價值觀，所以，每個人都一定會有偏見與歧視，差別只在於或多或少而已。問題是——偏見有多少、歧視有多深，我們對他人的認知，是不是永遠只是停在最開始知道的那樣？還是，我們願意隨著時間的遞進，逐漸加深對他人的認知。另外一個問題是，「願不願意去理解他人的痛苦」這件事。

我是個標準的胖子——我是說，所有大眾對胖子的刻板印象跟偏見，我都一一體會過了，其中包括了很多無禮的舉動，例如路過的父母會指著我和他的孩子說，你看，要是再吃就會和那個胖子一樣。又或者是在國中的時候遇過洗車工們對著我群起嘻笑，甚至拿洗車用的水槍射在我的身旁。也會有人問我為什麼不努力節制飲食，對著我說，有個很成功的企業家說如果連口腹之欲都控制不了，你還想控制什麼？

近年因父親過世不得不接手工作之後，我日常幾乎都忙於工作，也有同輩的寫作者說：「他就是有份還過得去的工作啊，不然怎麼能把自己吃那麼多肉出來？」

我想，這些種種實在都很難被稱為是「善意的舉動」。然而我每天面對著這些惡意，時間一久，有時竟對它們產生悲憫。倒不是為誰的人生感到傷心，而是覺得，許多人在指著他人的地獄嘻笑的時候，他們自己也身處地獄，只是每個人都認為自己的地獄才是真正的阿鼻地獄，而其他人的地獄只是假作地獄的遊樂體驗行程。有時候，這讓我感到荒謬，眼前所見的，是一個個身處地獄的人指著另一個身處地獄的人，笑說你們那邊的油鍋不夠滾燙、你們的刀山不夠銳利，卻沒有一個人真正地幫助彼此脫離地獄。

佛教有一個寓言，是關於一根蛛絲垂下地獄的故事。惡人在地獄裡受苦，然而即使是無惡不作的惡人，一生之中也是有做過些許善事的，於是佛祖取下一根蛛絲垂下地獄，試著將惡人救出苦海。但他在攀爬的時候，因為一念之私，於是踢了其他想一起出逃的地獄罪人，蛛絲就因為那一瞬的惡念而斷裂，惡人又墮回無邊地獄。有的時候，我覺得人世間就是這個樣子，每個人都有自己的地獄，每個人都只能看見自己的地獄，對他人的地獄漠不關心，看到機會便下腳踩其他人，像是看見路邊的石子不蹬一下就渾身不痛快。

然而，真正幫助彼此脫離地獄的方式，並不是嘲笑他人的地獄，而是理解彼此的地獄，了解彼此都有地獄、彼此都身處地獄。

回到多年前說我不自愛的那個朋友，現在我回想起他的一切，認為他不過也只是在自己的地獄裡苦苦掙扎的可憐人而已，但我對於那樣回他並沒有後悔，因為那是那個時候的我所能做出的最好的回應了——我現在的後悔，不過只是用現在的視野回過頭看，那個時候的我所感受到的不應該而已。如果是現在的我，可能會有更好的方式可以回應他，但我想，就讓那個回應停在當年就好了。我們都沒有必要去對自己說，早知道我就如何如何。

如果人生只有一次後悔的機會，我希望用在去年年初的時候，讓我可以用身家財產去買台積電的股票。可惜人生沒有如果，我們能做的，只有走好未來的每一步，看清楚他人的痛苦，並且不隨意對他人的痛苦做出評斷。

料理時間

最近由於疫情，許多人到超市、量販店搶購物資，網路上開始有人討論起「只要某牌泡麵與三色豆都還在，就代表人民的理智都還在」，我腦中不禁浮現「這些食物真的有這麼難吃嗎」的問號。因為幼時家貧的緣故，我吃過許多真的很難下嚥的食物，其中最多的，大概就是自己做的料理。

印象中，自己第一次將食材變成食物，大約是在幼稚園或小學一年級那段時間，因為母親重病臥床，我從冰箱裡面拿出絞肉跟雞蛋，放在碗裡稍微混合，拿去電鍋蒸，就直接吃了。味道我已經不記得了，只記得因為餓了太久，吃完沒多久就吐了。但現在回想，沒有調味，又在冰箱裡放了一陣子的豬絞肉，應該是滿難吃的吧。在這之後，我也做了許多難吃的食物，不過大多都只是殘害我自己而已，也算是一種另類的生活樂趣。

長大後因為經濟富裕了，不僅自煮，也時常去外面吃飯，有陣子非常喜歡吃日本料理（尤其是偏海鮮類的），也會在社群媒體發表感想，還說過一些非常尖銳的評論。現在回過頭看，突然覺得，不是不能理解某些非常執著的藝術評論者；或許某一方面，我們在評論任何事物的時候，都在追求自己心中某些難以碰觸到的理想，將自己的理想作為框架，去談論那些事物。

但不論是什麼事，料理也好，藝術也罷，其實創作者都有自己的想法跟方向。現在的我會想，只要知道自己在做些什麼，且在符合某些條件的情況下，做到我們能做到的最好，就可以了。

雖然偶爾會跟人說，在家自炊，不管怎麼料理，只要能煮熟，吃下去不會中毒就好；但有時還是會稍微看一些和料理有關的書籍與知識。好幾年前，我在自家附近新開的一間日本料理店吃飯，看到菜單上寫著西京燒松阪豬，一時好奇就點了（西京燒是用白味噌對肉類進行醃漬的一種料理方式，通常都是用在魚類料理上），結果端上來的，就是一道普通的烤松阪豬，旁邊附上了蜂蜜芥末。我茫然問老闆，我說我點的不是西京燒嗎？他說對。我說你是不是做錯了，這就是一道普通的烤松阪豬。結果老闆回我對啊這是西京燒。我又問西京燒不是要用白味噌嗎？結果老闆回我：「有些地方是這樣做的啦，我跟你說，料理就是做出來好吃就好，名字不重要，客人吃了開心最重要，名字只是一個代稱而已。」我瞬間以為老闆在跟我打禪機，一時之間不知道該不該生氣，竟笑了出來。

後來，我去參加文學獎評審時，偶爾會講到這個故事，我說如果只是寫自己開心的，那當然寫什麼都無所謂，也無所謂好壞；但如果參加比賽，或者未來大家可以出書，到了書籍市場，我們還是要稍微在意一下，自己到底在寫什麼作品。文學獎之所以能夠分出高低，是因為我們為了競技，將作品的技巧、結構，化為評分標準，其中一定也有包含了評審自己喜好的加分或扣分；但除此之外，最重要的，則是遵循比賽的規則，你不能參加小說比賽卻投詩的作品，投稿詩的比賽卻交了一篇小說，有時候還是要在乎一下規則給我們的限制，並在規則內將自己的一切都展示出來。

有時我在煮菜的時候，會盯著爐火想，我們生長在這個便利的時代，好像也並不需要我們特別學會做料理之類的技能，超商就有販售許多用熱水沖泡就能吃的泡麵，也有許多微波便可食用的食品；但後來我會想，「試著料理」這件事情，其實是自己對生活還沒有徹底失去熱情的一種證明。

對料理逐漸有更多的興趣後，我才發現，許多料理並不是將食材切好、過火下油加熱就能做好的東西；許多時候，料理最需要的，其實是時間。時間似乎能夠變化萬物的質性，使柔軟的變得堅硬，或者反過來，使僵硬的事物變得柔軟。

曾經我覺得，許多事物都要立即看到成效，例如我加了鹽巴這道料理就必須是鹹的，加了糖就必須要是甜的；但如果沒有時間的醞釀，所有的事物都是一場大雨就能夠被刷洗掉的。

仔細想想，我們都被時間所控制著，眼看萬物在我們面前出現，又在我們面前消失，有時總會鐵齒地說我一如以往，從未變過。但仔細想想，其實並不是那樣的。很明顯地，十年前的我和現在的我所思考的事情，已經不是同一件事了，我只能希望時間過去，自己能夠記得不要偏離曾經想變成的模樣太多。例如我曾希望自己能變得更柔軟、更能接受痛苦，就算承受痛苦也不會過於偏激與尖銳，成為使人受傷的存在。

練習煞停

最近在網路上，總會看到一些人因為無法克制自己的情緒而崩潰，有些人會選擇求救，有些人則一直耽溺在情緒中無法離開。我的臉書私訊最近收到很多這樣子的網友的訊息，我想了想，還是寫些什麼好了，但以下都只是我的感受，也無法代表什麼，就當我個人的囈語好了。

三級警戒後，原本控制得還可以的眼疾，稍微惡化了一點，每天睜開眼睛就能看到黑影從視野的邊緣慢慢滲漏出來。最開始的時候，每天都很緊張，後面幾天就稍微輕鬆了一些，還能張開眼對著光源處，眼球動來動去，看著血塊隨著視線移動，漂上漂下的，感覺頗有樂趣。一時之間，不知該對自己的適應力感到欣慰，還是對習慣身體總是出狀況的自己感到悲傷。

自從前幾年決定，開始好好處理身體狀況後，每隔一段時間，都能感覺到身體有多麼糟。即使醫生和我說有在好轉，但實際的感受就像走鋼索一樣，稍有不注意，就會失去平衡向下墜去。身體愈頹敗，就愈能感受到自己的渺小與脆弱，認知到平時所有的堅強都是偽裝；能有所堅持，大多都是自己仍游刃有餘的證明。

國內的疫情爆發開來後，工作中總會看到許多人不願遵守防疫指示，有些不願填實聯制，認為那是政府監控人民的手段；有些不願意戴口罩，他們覺得自己是自由的，染病是一種宿命論，會得就是會得，彷彿任何努力都是白費力氣。在路上的人，有口罩戴在下巴上的；有些把口罩剪破一個洞，將菸穿過那個洞，認為自己已遵守了防疫標準戴上口罩，彷彿這樣就能百毒不侵萬毒不入。有時我會想，在這彷若末日前夕的現在，真正毀滅世界的，並不是病毒，而是人類僥倖與自私的心態。

想想以前的我也是這樣子的人，認為所有病痛都會在死亡之後一次解決，其實這也和我從未想過自己能活多久有關係，但忽略掉我掙扎求死求生的過程；結論就是過去所做的惡因，現在都是我要概括承受的惡果，所有病痛在死亡之前一點一點在我身體裡集結。

這一兩年密集就醫的過程裡，我在醫院看到了許多同樣因病所苦的人，每個人都在掙扎求生，掙扎的模樣當然說不上好看，更多時候，可能與醜陋更相近——我是說我自己。我總覺得，這樣子為了求生掙扎使我痛苦，為了生存，我改掉了許多習慣、捨棄了許多我喜愛的事物，到現在，雖然說不上是孑然一身，但總會在夢裡問自己，值得嗎？

我從不認為，自己在這個世界上多有價值，或者能為這個世界帶來多少貢獻；我就是個平凡人，平凡地生活著，想必未來應該會會平凡地死去。現在所寫的文字，大多也只是抱著一個將自己的經驗記錄下來，也許能在某個時刻幫助到某個需要的人也不一定的心情，寫下來的。但有時候也會想，這也許只是我一廂情願，畢竟這個世界沒有誰比誰更重要，沒有誰是不可或缺的；會認為自己比較重要的，也不過只是自己的想法而已。

在身體狀況愈來愈惡化的狀況下，我的情緒開始不可避免地跟著惡化起來，大多時候處在崩潰的邊緣，例如會想許多事情為什麼是我？但我其實知道，不管這世界發生什麼事情，世界都沒有要和你解釋的意思，許多事情發生了，也許是我們自己做的因，但都是沒有任何道理可言的。

有時候甚至會想，是否要和在一起多年的伴侶分手，因為在我可預見的未來裡，我只有愈來愈糟的可能。我畢竟不是天選之人，而是一個會逐漸將自己與身邊的人往深淵拖去的累贅。我無法控制自己不這麼想，因為近幾年我的生活除了工作，就是看病，除了病痛，還是病痛。

我知道，自己是一個壓抑的人，雖然在網路上表現得攻擊性很強，但那其實大多都並非我自願的；絕大多數的狀況是，我如果不反抗，就會被其他人攻擊——我總是無法理解，許多人總認為他人需要無條件承受自己的攻擊與傷害，卻不允許其他人有一丁點的反抗，任何對於不正當所做的反擊，都會被他人認定為尋釁滋事，但不是這樣的。

不過，在這幾個月來，我調整了使用社群網站的方式，因為我意識到長期處在這種丟接球的應對裡，對自己是一種消耗，於是我試著讓自己停止，或者是有限度的回應，逐漸我能稍許控制、停止自己一切不停轉動的想法，包括那些自傷與自毀。

說來也是好笑，這麼多年發生這麼多事，我只學會了能些許地停止自己不停轉動的思考。我也許永遠都無法真正愛自己，或者使自己更好一些，但我能選擇停止傷害自己，停止繼續將利刃對準自己。

我想也許我——或者許多人，也只是需要能夠練習稍微停止一下不停轉動的自己而已。

即使如此……

有時看著其他人，會更深切感受到自己是個貧乏的人。

過去的生活，其實就是被動地來去，每天像完成例行作業般地活著，也沒有特別想去追求什麼的欲望；偶爾試著瘋狂，讓自己活得更像個人一些，但過一陣子便又覺得索然無味。

想想我也做過許多說走就走的瘋狂行徑，例如在大學時凌晨三點突然想看阿里山的櫻花，隔天就直奔阿里山，看到滿山櫻花綻放，卻突然覺得，也就這樣吧，拍了幾張相片便下了山。還曾想過騎摩托車環島，但體力有限，於是在大學放寒假時，從嘉義一路騎回了桃園，開始還想去其他地方走走逛逛，後來又覺得乏味便直接騎回了桃園的家。

我一直都知道自己是個乏味的人。好像哪裡壞了，卻不甘願就這樣壞掉，所以做了很多事情希望讓平淡的人生有一點不平淡的起伏，這件事情一直到父親過世前我都沒有弄清楚，只覺得自己就這樣吧，也沒有什麼快樂不快樂——我是說，快樂和不快樂都是那個樣子。

痛苦很直觀，快樂也很直觀，過去的我願意為了貪圖一時的快樂毀壞我的未來，因為我潛意識認為未來並不值得，我所有的一切都僅僅為了當下所感受到的一切。

後來的事許多人都知道了，父親走後我花了許多時間開始整理自己。倒也不是說父親的死讓我覺得受挫，我沒有那個時間可以耽溺在悲傷裡；我沒有什麼父後七日，我連父後七十日、七百日都沒有時間對於父親的死亡感到悲傷。有一陣子母親對我不滿，和我說她覺得我對父親的死絲毫不在意，我和父親一樣，只在乎工作，不在乎其他的事情。我無力地張了張嘴，有許多話想說，卻覺得就這樣吧，我好像沒有必要說些什麼，但我心裡知道有某些狀況需要解決。

有陣子，我很在意自己對父親的死亡竟幾乎沒有情緒波動，我常常會想，我應該就是母親說的那種冷血的孩子吧。一直到父親去世的三年後，因為工作壓力的關係，開始頻繁夢到父親，夢裡我用各種方式跟他抱怨我在工作上遇到的困難，父親在夢裡，就真的是我父親對我說話的那種樣子，就是——反正我工作交給你了，再難你都要把它做完。

有時候，醒來我會自言自語說，作夢夢到，都能跟活著的時候一樣，給的答案都是相同的死樣子，然後我會說啊人都死了當然只能是死樣子，接著苦中作樂，笑一笑，就爬起來繼續工作。

再過了更久一些，我突然意識到，自己其實並不是對生活感到乏味，而是我對生活根本不感興趣，我不像過去，對於自己的生活有那麼強烈的逃跑欲望，但對未來的人生也並不抱著任何希望——畢竟我知道自己的身體就這樣了，也許為了活著，要花上更多的精神與力氣去修復早已千瘡百孔的身體。

我知道，許多事情沒有開始就沒有改變，但許多事情在我眼中變成了：如果沒有辦法改變，那開始也沒有什麼意義。

對我來說，活著像是玩線上遊戲一樣，每天給自己安排簽到任務，每解幾個任務，就給自己一點獎勵，有陣子我覺得自己像是個惡質的遊戲官方，因為我沒有辦法提供令自己快樂的獎勵，但生活還是要過，怎麼辦？只好安排一些沒那麼快樂，但也聊勝於無的獎勵。過著過著，就習慣了。

有時候也想笑，分明覺得生活就是一個巨大的爛遊戲，我自己玩家兼官方竟然開始玩得有滋有味，簽到獎勵也沒有那麼重要了，因為有沒有都無所謂，我甚至試著體驗拿獎勵以外的機制。

其實生活並不是沒有任何可期待的事物，而是我們期待不了的事物來得太多太洶湧了——像是站在海邊，看著浪在自己身上來去，來的浪太多了，我們就被沖走了。我現在的心情，與其說是低落，不如說是平穩地保持在一個平平的階段，看生活中的什麼都覺得就這樣吧，沒有期待什麼，也不特別為什麼而失望。但正因為如此，看著身邊的許多人，都覺得像是正在發光一樣，每個人都有自己的追求跟想要的東西，為了得到想要的東西所付出的努力跟心力，都使得大家變得更耀眼。

在旁邊看久了，偶爾也會想，我也能像這樣對什麼充滿熱情嗎，即使如此貧乏的我，也能因為看著別人的豐富久了而豐富起來嗎？我現在仍沒有答案，只是知道自己至少開始試著投入更多心力在生活中，感受自己生活更多的部分。

我開始給自己創造小小的儀式感，像是以前吃飯用一個大盤全裝在一起，稀哩呼嚕就全吃完，現在會把每一道不同的菜裝進不同盤子中，讓自己有種正在用餐而非進食的感覺。

這聽起來也很像設定每日任務，至少我認為自己的確是開始試著體驗生活的內容，而不是只上線領一個垃圾遊戲的每日獎勵就直接下線了。也許哪一天，我也能夠不那麼貧乏，對生活不那麼感到無趣。

願你聽見

專欄持續了十二個月，這是第十二篇，我仍對自己寫的文字感到疑惑。

我的意思是，真的有人會認真看待我所書寫的這些文字嗎？剛開始接到邀稿的時候，我回應編輯說，不知道該寫些什麼，我並沒有什麼想要讓它們成為一個系列的書寫議題存在。編輯跟我說，沒有關係，你想寫什麼就寫什麼，我就一邊遲疑一邊接下了這份工作，每一個月不停地懷疑自己，並寫下一篇又一篇。

每一篇稿寫完交出去的時候，我都想問自己：「這篇被刊登的價值到底在哪裡？」這個習慣，倒也不是最近才有的，而是從開始試著投稿到刊物後就有的。我從國中開始寫作，最開始寫作只顧著滿足自己，也可以說，是在那個無意識的時期，我全部的精力都用來治癒內心的破口。那個破口很幽微，幽微到連自己都難以意識到，但我仍是將其寫出來，最後結集出版。結論就是，如果要讓現在的我和過去的我說一句話，我會跟他說：「你該慶幸，寫的是詩。」

我並不是說，寫自己的事不值得出版（市面上許多書籍，其實我都搞不清楚為什麼能夠出版），而是現在的我回過頭看，不免覺得危險，也覺得羞赧，如果是寫散文或小說，也許早就有人出來問我，「你為什麼會覺得自己的故事值得被寫出來？」或是，「你為什麼覺得這些作品值得被出版？」其實沒有那麼複雜，就只是如果人生能夠重來，我會希望，決定出第一本書的時候，能夠思考更多一點，而非只將其當作一個標示。

我本來以為，會在出完第一本書沒過多久後就死去，過程發生了許多事情，但結果是沒有。也還好沒有，我才能在多年後的現在，冷靜地看待過去的自己究竟都發生了一些什麼。

我必須說，現代詩對我來說是個彆扭的體裁，我在作品中挖了很多間隙，在那些看似安全的防空洞裡面，藏了許多只有自己知道的炸藥。那些內容若白話寫出來，就是充滿痛苦的內心糾結，但我用現代詩將其呈現出來，這可能是我人生中最大的幸運。因為現代詩，我才找到一個可以躲藏的空間，才能在這場與生活的捉迷藏中，生存下來。

寫作對現在的我來說，還是很有魅力，我能夠透過文字去陳述內心的事物，文字能夠賦予我心中那些沒有形體的事物一個形狀。透過描述建立邊界，逐漸收緊，最後確立這些事物的模樣，並且放在那，讓能夠看到的其他人發現，自己也有這些類似的事物，並不孤單。

現在回過頭看我為何寫作，一方面是因為需要一個出口排解那些痛苦；另一方面，是沒有人願意聽我說這些內心中的痛苦。這件事其實很簡單，就是我沒有一個能夠支撐我的他者存在。

這不是任何人的錯。每一個人在這個世界上生活，都有困難要面對，即使幸運地到現在仍未有過，未來也一定會碰到屬於自己的煩惱。我想，許多人會選擇寫作，只是因為沒有人願意聽他說他想說的話而已。那些話，不一定是痛苦，有可能只是某些曖昧的糾結、對生活的小小埋怨，甚至是某些意外的驚喜。

只是，在這個社會沒有人會教我們，如何表達我們的內心；也不一定會有人願意聆聽自己的感受。這種時候，書寫是我們唯一能做的表達。

有些人認為，文學是全然藝術的，我不否認這種想法，但我也不能苟同這種想法。因為我所閱讀過、學習過的文學，從來不只是完全關乎藝術的，更多時候，我們閱讀所看到的感動，是關於內心的。我能看到偉大的文學作品中有內心的糾葛與思想的碰撞，也能看到那些深刻的作品裡，充滿了內心糾結的痕跡。

有些人會說，那些痕跡正是文學偉大的地方，但我有時候卻會覺得，那些痕跡，其實就是作者們沒有處理好的內心創傷。作者將其書寫出來，找到這個創傷，試著使它們癒合。指認出傷口的時候，我們的痛苦才有被處理的可能。

回到我的書寫，我仍然不知道，自己寫的文字究竟有什麼價值；但這些年過去，我至少能夠確定，自己是為了什麼而書寫的。如果沒有人聽我們說話，那就寫下來，自己說給自己聽。

我知道，人就是一座座孤島。但在孤島久了，總有能和他人接上訊號的時候。我們所有的書寫，都是為了在接上訊號的那一刻而做的準備。不僅為了自己而寫，也為了這個世界的其他人而寫。

這些書寫，不一定貼近文學；但有的時候，我必須承認，自己其實也沒這麼在意文學。我們得先處理好自己，才能處理文學的事情。

我偏愛我的彆扭

0

前幾天在整理自己這些年究竟都參與了哪些社會議題的討論，並且思考自己在這些年是不是有對哪些議題有立場的轉變，最後發現自己其實並沒有什麼太大的變化，主要還是明確理解雖然理論很理想，但許多事情並非理論就能解釋。例如恐懼，以及要如何將破碎的自己整理回一個完整的個體。所有事情都會在時間過去之後，我們才能試著拼拼湊湊地將那些無以名狀的事物一一指認出來，但許多事情並不是簡單地說我知道了就能夠將其寫出來的。

例如自己的事。

我鮮少寫關於自己成長過程的事。我是指具體遭受到怎麼樣的對待，以及整件事情的心路歷程。第一是因為我知道沒什麼好寫的，第二是其實也沒多少人會有興趣。我是說真的。我為許多與我無關的弱勢群體寫過文章，試圖略述每個人糾結的地方與在意的地方，但我極少寫我自己身處的弱勢群體肥胖者的事情。第一是因為，我不認為自己可以為他人代言；第二則是，很難寫，各種難寫，不管是我自己的創傷還是糾結，我有時候都會想，寫出來了又怎樣？

其實寫出來當然也不會怎樣，因為我們也知道寫出來也無法改善這些處境。但我還是試著寫看看，因為多數人都不會在意，至少我們自己要在意。每個弱勢群體的生活各有各的痛苦，但他們都還能偽裝成自己與他人無異，但肥胖的人做不到，因為你知道的，肥胖的人就是，那樣，我們根本藏不起來，我們試圖快樂，會有人過來跟你說你沒有羞恥心嗎，這麼胖還這麼開心；我們嘗試沉默，會有人過來跟你說你這麼胖了還不懂得迎合別人一點，以後一定很吃虧。無論肥胖者做什麼，彷彿身分標籤都只有一個，胖子。

我以前寫過一個動態，上面寫「胖子是沒有性別的怪獸，非殘缺者的怪物」，一開始只是因為發現有些弱勢群體的人會弱弱相殘，自己的議題沒有處理完之前，還會攻擊肥胖者們，他們說的每一句話，其實都可以套用在他們自己的議題上面，只是他們完全沒有自覺，用「一般人」的標準一般地要求著肥胖者。所以我才寫了這句話。以前的我會看一些書寫自己生命歷程的書籍，許多人說很感動，說這作品是發現自己的聲音的過程，我都會想，我不懂他難過什麼，至少他長得很好看，也許他會因為性向以及性別氣質的原因過得很壓抑，但他有自己的交友圈，有自己可以表現真正的自己的活動範圍，但胖子沒有。

以前開玩笑地跟同為胖子的朋友聊天的時候會說，大家應該一起爭取肥胖者的權益，我說可以啊，誰起頭，幾個人面面相覷。胖子就是不喜歡站在大眾面前，因為我們被規訓慣了，我們認為自己的存在就是羞恥，所以這個議題燒不起來的，至少不是現在。我說。另一個朋友說也是，而且也不知道該稱呼自己什麼，其他的弱勢議題，像同志說起來很順口，其他像女性主義啊什麼的，每個弱勢群體的稱呼聽起來都至少很順耳，只有胖子聽起來像是在罵人，因為大家講到胖子的時候就是嘲笑，就是認為你很丟臉。

我倒也沒什麼意見，只是覺得整件事情就是時間還沒到吧。我現在也不會覺得社會就是不給胖子活路之類的，純粹就是認為這個社會沒有準備好處理更多的邊緣議題。一是沒有這麼多空間，二是這些感受上的討論，實在很難陳述，我是指冷靜地陳述。曾有出版社問過我有沒有想寫這些題目，我說應該沒有吧，這寫起來很難看，應該不會賣，你看同志可以寫的是他在生命中受到壓抑，在這些壓抑中他找到一些生命的出口，或者是肉體的放蕩，或者是精神的放浪（我的放蕩與放浪皆無貶意），那些精彩的生命歷程，他們雖然生命壓抑，但許多人真的生命精彩，與人連結也好，清水形而上也罷，我知道對他們自己來說過程很痛苦，但至少寫出來每一個人都有每一個人的精彩，雖然大家想看的是他們如何在這個壓抑的過程中，找到自己的路，但是他們的路很漫長，很豐富。

但胖子能寫什麼，我們能寫的是父母從小視我們為恥辱，師長與同儕施加給我們的都是你應該羞愧，走在路上會被人嘲笑，父母會帶著我們到減重門診，一邊候診一邊哭著說他不知道為什麼會把我養成這樣。我們能寫的是我們想試著和其他人交朋友，但其他人會說你很噁心，接著大家會說你愈來愈孤僻，你不合群，但大家從來也沒有想讓我進到那個群裡面過。我們能寫的東西，從頭到尾都只有純粹的羞辱、孤獨，以及最終學會如何沉默。這些寫出來，不僅乾，而且沉悶，我不覺得這有客群，也不覺得大家看得下去。後來就不了了之了。

但多年後我突然想試著寫看看。其實也不是寫胖這件事，而是試著寫我自己的故事，只是這些故事與胖有關。但我雖然叨叨絮絮寫了許多，寫得我好像有要開始寫一樣，但我也不一定能寫下去，只是做個開頭，希望我自己能夠繼續寫下去吧。

1—

想了許久，如果有些事情要寫，最後都會繞不過我自己的故事。

但我的故事其實就，很無聊。我沒有什麼太精彩的故事可以寫，所以這整篇或者整個系列都只能寫我有限的生命經驗，以及我個人後來為自己加的一些附註。

可能是因為現在的我一臉生人勿近的樣子，最近我比較少遇到那種上來就問我說：你幾公斤？怎麼吃的？喔……你這麼重一定很辛苦吧？

這幾個問題實在是我人生中遇過最多，且覺得最無聊的問題了。有些人會將嘲笑包裝成關心，看起來是在關心你，問你說你一定很辛苦吧，但實際上是在笑你怎麼這麼胖。一開始我以為只是我自己多心，後來我發現每個問我一定很辛苦吧的人，其實也不在意我是不是辛苦，他們只是獵奇而已。

對，就是獵奇。

當然還是有人是真正關心，但大多數人想聽到的只是我承認自己很辛苦，並且跟他們分享我這個「異形」生活中會碰到的各種不便，用以當作他們生活中和其他人聊天的談資。我就很常碰到那些問完之後，開始跟我說他的親戚朋友誰也是很胖，說他最後選擇做胃繞道手術（或者截腸手術）。他們會說那些人做完手術之後就瘦了，就跟「正常人」一樣，要我也去門診看看，不然這個樣子一輩子，既不好看，也沒有人愛啦。

我通常都笑笑應好。除了應好之外我還能說什麼？畢竟人家聽起來也是「好意」。這其中存在的某種事物非常幽微，我要是生氣不開心，解釋給其他人聽，其他人應該也不會理解到底為什麼。我有過幾次表達我的不滿，對方反而回我「我只是關心而已，你兇什麼？」我很難去解釋當一個人在問我「你幾公斤」以及「你怎麼會吃成這樣」時的面部表情與聲音語調，都能讓我們分辨出來這個人是真的關心我，還是只是想笑我。

當然要問我為什麼會變成這麼胖，現在的我當然能告訴你們一些因為我小時候發生了什麼事，被無照密醫打了一些過量的類固醇，後來生理影響心理，心理再影響生理的故事，但這沒什麼必要，因為事情已經發生了，它就在那裡。而且是我已經都發生完了的人生，實際發生在我身上的歷史。去追究為什麼發生已經沒有太大意義，因為我就是這樣了。

其實整件事情寫起來沒什麼意思，我也無意去講什麼太嚴肅的話題，什麼社會結構對人就是造成什麼影響，我只是想寫一些自己感受到的事物，沒有其他。多年前我因為要訂做學校制服，全家都焦頭爛額的時候，母親和我說了一句話，我現在仍是深以為然，「這個世界是為了正常人而設計的，沒有為了像我們這樣的胖子而設計，所以如果覺得痛苦，就努力讓自己成為正常人。」

但多年後我也和我母親說了，「這個世界不為任何人而設計，它只是對我們比較殘忍而已。」沒有說的則是，「但他們也沒有對我們手下留情的必要，我只需要他們一視同仁，但顯然沒有。」

我只是想把那些沒有的地方都寫下來。

2
—

我習慣不喜歡自己。

這其實沒什麼，因為很多人都不喜歡自己。這個社會的大多數人都對自己寬容，對他人指指點點，所以許多人應該都是在他人的評價中長大的。這些評價包括但不限於「你吃歐羅肥長大喔」、「死胖子」、「肥仔」、「死肥豬」等等，只舉這些不是因為只聽過這些，而是雖然許多人罵，但用詞就是這麼無趣，來來去去都只有這些內容。

我現在能以比較冷靜的語氣寫出這些內容，但對當時的我來說還是很受傷的。尤其當我自己也不覺得我做了什麼的時候，吃完一個便當，會有人問說「哇你把一個便當吃完了喔，是有沒有想瘦啊」，又或者你什麼都沒幹，就只是坐在那邊的時候，也會有完全不認識的人湊過來說「你不要一直吃，會胖。」我腦中彷彿一大群羊駝奔走，看著我空無一物的雙手想，我吃什麼了？

後來我也無所謂了，你說任你說，我胖我就胖。但這其實對整件事情沒有幫助，而我完全沒有感覺。我以為自己不在意了，所以吃的時候照吃，但其實還是在意的，所有傷人的話語最後都變成一根根的刺藏在我心裡，時不時刺我一下，我傷心的時候，難過的時候，就會找食物來安慰自己。畢竟食物不會背叛我啊。吃東西的時候很快樂，因為那純粹是感官的刺激，我不用顧慮其他的事物，只活在當下，專心將食物吃進肚子裡。

以前有時候我會覺得自己永不滿足。無論吃什麼都一樣，我會不想吃，接著餓到崩潰，然後奮力吃，吃到吐，吐了再繼續吃。我知道自己有病，但我停不下來。那個時候的我停不下來啊。我知道自己應該要解決自己崩潰的根源，但是內心有某種空虛的感覺卡在那邊。母親對整件事情都感到崩潰，我從小就被他帶著到新陳代謝科與減重門診等各大科別四處奔走，我知道他內心應該是擔憂我的身體健康，但當時的我只覺得好想逃離一切。

是那種「即使要我現在去死也不要緊，讓我離開這裡吧」的崩潰感。很難不崩潰吧，一個小學生，被母親帶著到醫院，報到量完身高體重後，母親會拉著他在門診前哭，邊哭邊問他說「我怎麼會把你養成這樣」，他也回答不了，只能跟著一起哭，偶爾會趁母親不注意的時候用頭去撞牆壁，希望能一頭撞死。但他後來發現要撞死實在是太難了，除了頭上多幾個腫包，然後疑似撞笨了一些之外沒有什麼危及生命的狀況出現。

想當然新陳代謝科對我的狀況顯然無解，減重門診也是，這一切只帶給我人生多一些無用的經歷，以及多認識一些和我一樣同為肥胖所苦的病友。有許多人我都忘了，只記得其中有一個成功減重的人，後來我有一陣子沒看到他，才從別人口中得知他後來得了厭食症過世了。而他過世前說的話是，「至少我死的時候不是胖的」。

整件事，我是指我整個人生都處在一種茫然且徬徨的狀態。我從不覺得胖有這麼十惡不赦，可能是因為我自己就胖，但是許多人甚至也搞不清楚自己為什麼討厭胖子，只是覺得胖子長得醜。我有時候也笑笑承認就現代審美觀而言，胖的確不好看，但有些笑我們胖的人，真的是可以看看自己的外貌跟體型再來笑人。有些人長得醜也覺得可以笑人胖，有些人則是長得粗壯也跟著笑人胖，好像面對胖子就是大家的贖罪券一樣，但其實沒有，你笑人胖，你還是長得醜；你笑人胖，你也不會更瘦一些。

有些人還會說你不知道自己胖嗎？這真的是不用擔心，這世界上應該沒有比胖子更明白自己胖的人了。我們有時候只是需要一些時間，搞清楚自己身上到底發生了什麼，然後自己決定往後的人生該朝何處前進而已。有時候回想我這不算長也不短了的人生，也覺得好笑。我是個不聰明的人，我讀書讀得不好，寫作也不算寫得拔尖，有些成績但就是，平均值。這樣的我在面對諮商的時候，卻反而能舉一反三。試過幾次諮商，完全無法進行下去，因為諮商師一說話，我就想，他現在要讓我說話了，他想試探我，所以我會防衛心起，進而說一些假話。

我知道那個場合應該誠實，但我實在是做不到。我自己在想，很有可能是因為小時候我跑的許多診間中也包括了兒童心智科，而當時的醫生和我再三保證我們的談話絕對不會讓母親知道，而母親在我們回到家之後，仍因為我與醫生的祕密談話與我上演了一齣親情倫理大悲劇的關係，所以我深知，一切的表達皆是表演的道理。

現在到這個狀態了，我是指，我的身體頹敗，四體不勤五臟衰敗，唯一好一點的就是還分得清五穀，我也沒什麼好悲傷的，我只是將這些過去慢慢地一點一點整理出來。我深知我在許多人眼中可能曾是或者現在也還是令他們感到羞恥，但不要緊，我自己知道自己是誰就好。以前曾在一個飯局中，有老師引過瘂公的話對我說「肥胖是詩人的恥辱」，他也許是勉勵我減重，但我現在就覺得，也許我就是恥辱吧，那又如何。

我還是習慣不喜歡自己，但最近，偶爾我也開始試著喜歡自己。

3

我到很後來才學會拒絕這件事。

以前拒絕對我來說很難，各種方面的難，有因為遭遇過的事情而無法堅定地拒絕，也有因為個性上的軟弱，經不起別人一直哀求，所以許多事情堆在頭上時就會難以處理。雖然朋友幫我看過人類圖和我說我天生就有拒絕的閘門時，我很困惑，因為那與我的生命經驗相悖，他接著說但我每一次拒絕都會有罪惡感，他當時幫我下了一個結語是：「你說不要不是真的不要，而是想再看看能不能做。」當時我想到了許多事，最後同意了他的說法。

在我出版第二本與第三本詩集的中間，可能是因為作品方向的緣故，開始會有許多人寫訊息給我，其中大部分的訊息都被我歸類為求救訊息。每一個訊息都是不同的地獄——我的意思是，那些人所遭遇到的事情就是一個個不同的人間地獄。有些人懷揣著對社會運動的美好想像，最後被人吃乾抹淨，在自己過去發生過的痛苦地獄中擺盪；有些人被自己所信任的親近之人背叛，或侵犯，或騙取財物，或人財兩失；有些人甚至是被自己的親人所傷害。這些人的共同點就是他們都因為各種原因而無法向身邊的人求救。

於是那些人最後傳了訊息給我。這對當時的我來說很難調適，因為我不知道該怎麼處理，甚至因為個人的原因，我和他人相比來說更容易進入同理、同情的狀況，許多時候我自己都覺得自己要被這些痛苦所壓垮。我也極少和人談這些事，我不知道該從何談起，說我因為別人所受到的痛苦而將自己逼得喘不過氣嗎？中間發生了很多事情，我雖然沒有人財兩失，但我也曾一度讓自己的經濟狀況變得拮据，但大多數人的狀況只有愈來愈糟，沒有更好。

我像是在三途川堆石頭塔一樣，看著這座塔要完成了，接著就坍塌了。

看著那些地獄的時候，偶爾我會覺得整個世界都是地獄組成的，但其實也只是因為我一直凝視著深淵，才會認為整個世界充滿痛苦。但那是對我而言，對那些人而言，這個世界就是地獄。我收過許多我甚至不知道該如何說出口的訊息，有遺書，也有人不斷換帳號來加我，也曾有人打給出版社要出版社轉達，希望我到某某醫院的精神病房去探望他。在這些過程中我也發現許多人的地獄只是他自己將自己囚禁在這個地獄裡，我真的無能為力。我沒有辦法拯救每一個人，更沒有辦法將一個甘願待在地獄中的人拉出來（無能為力與甘願還是有差的）。

許多時候我覺得這整件事情都是一個巨大的隱喻，有時候慈悲心是蜘蛛絲，但是我們分不清楚自己究竟是垂絲的神佛，還是抓蜘絲的惡鬼。我們多以為自己是神佛，但多數時候，我們與惡鬼之間的分別只在於站的位置不同。我們以為自己的行為是善舉，但其實我們在推壞一堵一堵的牆。後來我才理解，有的時候站在旁邊看，也是一種善意，但這種善意要成立的要素實在太多，我個人還是認為與其之後後悔沒有伸出援手，不如伸出援手之後再後悔。

我花了很長的時間才將自己與他人切割開來，懂得如何畫出一條界線，並且不斷強調那條界線的存在。近幾年我愈來愈少回應那些訊息，仍是有人會傳訊息給我，但我也會在最開始就提醒對方，我沒有辦法為對方做任何事情，也沒有辦法給建議，我能做的更多只是回一個嗯，即使如此對方還是想說的話，那就留言，我有空的話會回，即使如此還是許多人會留言，像是我的訊息就是他們的日記一般。

我一直在想的是，當我懂得拒絕將這些人的故事揹在自己身上後自己心態的轉變，後來我也想到，我是什麼時候開始懂得拒絕將自己的痛苦繼續揹在身上的？我的意思並不是痛苦不在了，曾經遭遇過的傷害與痛苦不會消失，因為那些事就已經是發生過的歷史了，那些事件已經是我們的年輪了，然而我學會了拒絕自己將那些過去全都揹在自己身上。

我覺得許多人該做的是這樣的練習。拒絕被糟糕的對待、拒絕做自己不想做的事、拒絕負責自己不該揹的責任、拒絕將自己放在痛苦裡，但這是很漫長的一條路。我們常常會講到培力，我覺得其實這件事情就是慢慢地將自己照顧好，到某一個時刻，你發現自己有能力、有勇氣對那些不屬於自己的事物提出拒絕的自由。

4

我是個追求快樂的人。

有的時候，我會覺得這和「我是個脆弱的人」是同義詞，因為脆弱，所以才需要找許多快樂的事情當作自己精神的堡壘，保護自己不致崩潰；因為脆弱，所以才需要尋求不同的快樂體驗來讓自己忘記自己脆弱且不堪一擊的現實；因為脆弱，所以才會需要找各種讓自己快樂的事，來隱瞞自己脆弱的事實。

印象中我以前也有寫過，追求快樂這件事，某程度上意味著我會迴避痛苦，但面對痛苦最痛苦的是它的不可迴避性，也就是無論我們再怎麼努力，快樂與痛苦永遠也無法互相抵銷，而是各自獨立存在的，我們能做的也不過就是在每一次快樂的當下盡情享受快樂，而且盡一切努力延長快樂，或者找新的快樂。

我知道這不對——我是指，耽溺快樂這件事。我知道這不對，短暫且頻繁的快樂會消耗我的時間且消磨我的意志力，但有時候我又會想，那又如何呢？我還有什麼可以失去嗎？我還有什麼可供消磨的嗎？我本來就沒有什麼遠大的志向，人生中所有成就都是僥倖，這樣的我，耽溺在快樂有什麼不對嗎？

吃令我快樂，於是我吃，大吃特吃，胡吃海塞，追求所有可能的感官刺激。但也許是年紀到了，也許是身體到了臨界點了，從好幾年前開始吃逐漸使我痛苦。吃仍然快樂，只是沒有那麼快樂了，快樂變得短暫，痛苦變得漫長。我無法忍受。以前我曾寫過我要求自己成為自己的主人，但有時候我會想，其實我也沒那麼在意誰是我自己的主人，我只是希望自己能夠平靜地面對一切。其他使我快樂的事物也是一樣，那些快樂的瞬間，都漸漸被漫長的痛苦所取代。

到最後，追求快樂這件事也成為使我痛苦的原因，這其實是滿令我崩潰的一件事。

這幾年雖然說不上勤勤懇懇，但我也算是雙腳落地，一步一步朝前方走著。工作、就醫，偶爾寫作，我用各種事務將自己塞滿，試著找各種微小的快樂來替代那些過去對我來說重要的感官刺激。前天突然想到，在網站的搜尋欄上搜尋「快樂」二字，跳出了許多結果，仔細看了看內容，我自己也不由樂了起來。我的快樂被許多小事所替代，例如買到了口罩我很快樂、我弄出漂亮的蛋我很快樂、在無人的公園看鴨子吃水煎包我很快樂、泡紅茶我很快樂、買了新的鐵鍋開鍋開得漂亮我很快樂、看到可愛的遊戲時裝我很快樂、看到天邊的雲是鴨子的形狀我很快樂。

現在的我有這麼多莫名其妙的快樂，它們取代了我以前需要感官刺激才能獲得的快樂。雖然我不知道自己能保持這種快樂的心多久，但希望其他人也能夠享受日常生活中那些小小的快樂。

5

我知道自己其實是個相對嚴苛的人。

長到這個歲數，無論是看自己身邊的人，或者是看自己，有時候會開始恍惚，意識到我們成年以後其實都是在重複幼時所遭遇到的心理創傷，或者是我們追求的其實是回到幼時某一個時間點，重複那個受傷的自己，並且隱隱期待自己可以重複那個過程時，能有不一樣的選擇，得到不一樣的命運。

然而這件事很難。難的點並非我們無法真正回到過去拯救受傷的自己，而是我們很難去意識到我們是在重複自己幼時的創傷，而每重複一次那些創傷，其實都是一次提問，我們需要的其實是不一樣的答案——一個能讓我們開始復原的回答。只是我們每一次都會因慣性而做出相同的回答。所以我們既糾結又痛苦，一次又一次堆著石頭塔，最後作答的時候卻自己親手將石塔摧毀，我們期待的是石塔堆成的那天，也希望自己不要當那個將石塔摧毀的人。

許多人體會不到我的嚴苛，是因為他們與我沒有太多的牽連，但我自己知道自己是個知進退的人，我知道如何一步步進逼他人，進到對方退無可退，這是我個性上需要改變的地方，也是因為我從小總被他人步步進逼，逼到我退無可退，最後只懂得如何讓人進退不得。

最近和伴侶聊到這件事，我說我也許知道自己為什麼都這麼嚴苛了。

他問我為什麼，我說我想起幼時因為家裡家境不好，父親會開著發財車帶著我到處跑，賣的是土窯雞或枝仔冰之類的東西，也賣過一些鞋油或者椰子之類的東西。那個時候我才小學吧，是愛玩又愛鬧脾氣的個性，我就和父親說我不想幫忙，我也想出去玩，也羨慕同學和我說家中會帶他們去哪裡、會買什麼東西給他們，我在路邊鬧脾氣，但我父親並不是一個脾氣很好的人，他當時發了好大的脾氣，並跟我說沒有工作的人沒有資格吃飯。於是我一邊哭哭啼啼一邊幫忙工作。

這整件事情帶給我的影響就是，我的人生中無論如何失能，我都盡量保證自己處於一個能夠工作的狀況。我沒有安全感，因為我知道如果我自己不努力「保有資格」，那我就可能會被丟下，而且很有可能會成為現實。所以我不敢停，我擔心我一停我就再也前進不了。

我現在仍然認為自己是個相對嚴苛的人，有的時候看到別人說我能同理他人，其實我想的是，也許那個同理只是因為我和大家並沒有生死交關的牽扯，所以我有站在旁邊聆聽的餘裕。僅此而已。我只是知道，我在聽那些故事時是擁有餘裕的那方。我覺得許多人應該也要能夠理解，許多事情你能夠說一些無關痛癢的話，只是因為你有餘裕而他人沒有。

6

我沒有安全感。

我曾猜想過是什麼原因造成我的不安，但想到最後，都想不出有什麼決定性的因素。我想過有可能是母親和我說過的，在我還小的時候曾差點餓死，後來被餵食時一邊喝奶一邊吐奶，可能是當時我極大的恐慌造成的，但每次想想都覺得好笑。我是指，假設這就是我人生的基底，是我人生面對許多事物抉擇的第一塊磚，那我的人生也太脆弱了。跟許多人一樣，活著的大多時候，我根本不知道自己在做些什麼。

一開始意識到自己沒有安全感是因為我到哪裡都要帶著現金，如果身上沒有帶著好幾千塊我就會開始焦慮。我本來也不覺得這怎麼樣，最近幾年行動支付非常發達，但我還是較為信任現金，我以為這就只是我比起數位支付更信任摸得到看得到的東西而已。直到有一天我出門忘了帶任何現金，我開始恐慌。我坐在公園裡四處摸自己身上跟包包內可能會放錢的地方，確定找不到之後我開始坐在原地發呆，一直跟自己說不要慌張，我有帶手機，我的手機有行動支付、我有 Line，我的 Line 有綁定支付，我想了好幾個支付的方法都沒有辦法解決我的焦慮，直到最後我想起來我曾經因為新奇而綁定過靜脈認證。我突然就安心了。

這其實是一件很小的事情，但我領到錢坐在交通工具上突然就愣住了，因為我不知道自己在慌什麼。但後來想想，其實就是害怕失控這件事。因為我認為沒有什麼東西比我自己擁有、可以支配的東西更讓我安心的了。

另外一件事情是不管到哪裡我的背包都非常重。說是以前，但不過就是幾年前的事情而已，這件事情一直到我碩士畢業後都是這樣。我大學時在嘉義讀書，碩士在花蓮讀書，在這六、七年間我時常南北到處跑，每次和朋友見面時，朋友一定都會問我：「你的背包不重嗎？」我的回答都是：「重啊。」但我從沒有想將包包裡面的東西拿出來過。每一次有人問我，我都會說，裡面都是我需要（或會用到）的東西。

但其實裡面的許多東西，帶出去十次，有十次都不會用到。

我曾經將我的背包中的東西一個一個拿出來排列好，裡面有飲用水、小零食、換洗衣物、筆電、平板、充電器、掌上型電玩、三到五條充電線、行動電源一到兩顆、牙籤、棉花棒、旅行包衛生紙、文具（從鋼筆到剪刀以及美工刀）、筆記本、三到十本左右的讀物（從純文學到大眾文學）。這是我時常帶在身上的基本配備，其他雜物自由選配。我現在回想起來，我根本恨不得連護照、存摺都帶上。

因為每次出門都帶這麼多東西，所以我的背包時常壞掉，有時候揹著走在路上揹帶就會斷掉。這個習慣現在雖然改善許多，但仍是時常不小心將背包揹得太重，今年我就壞了兩個斜背包，拿回去店家問，老闆娘都會問我：「你常揹很重吼？」「還好啊。」（對我來說是真的還好）「你這個拉鍊跟揹帶，都是因為揹得太重扯斷的啊，要不拿去給人家重車，要不就買一個新的啦。」

前幾年我要出門時看著我的背包，決定將所有東西拿出來一一放在旁邊，接著試著問自己，真正需要的東西是什麼，我卻覺得什麼都需要。我覺得我會玩到遊戲機，我也覺得我會用到平板，筆電應該也會用到吧，充電器與充電線應該也需要吧……這樣反覆掙扎幾次之後，我決定試著不要管自己想要什麼，強迫自己只帶著換洗衣物、必要的充電器與線、一顆行動電源、錢包就出門了。

整段旅程我都有點焦慮，但想當然什麼也沒發生。我其實並不需要那些東西。那次之後我開始思考自己究竟是什麼狀況。想到最後，認為這整件事情，其實和我手上沒有現金就會焦慮是一樣的，因為我覺得我失去許多我可以支配的東西，但其實不受控地攜帶累贅的事物，這個行為本身就是一種失控。我的人生一直都處在一個失控的狀況，但我總以為自己所有失控的行為，都是在追求自己的可控。也就是我掌握越多我認為我能支配的事物，我其實就離控制自己越遠。

其實說了這麼多，雖然我現在已經改善許多，但其實我現在還是常常缺乏安全感，我還是會固定在身上帶著現金，也會在每一次出門前就要篩選一次自己要帶出門的東西。我意識到這件事不代表我能夠解決，但我至少意識到，並且開始試著解決了。

7 ─

我是個很擅長說還好的人。

日前因為血檢的數字變差的原因，腎臟科醫師幫我安排了一位衛教營養師給我，營養師問我平常的飲食習慣及教導我飲食應該注意的地方，忘了講到什麼，他突然和我說：「不要對這種狀況感到驕傲。」我愣了一下，因為我並不覺得有什麼好驕傲的，嚴格說起來，我其實是無奈。

對一切都感到無奈。

回到家後我開始思考自己的狀況，思索究竟是我無意識中對於自己身處病中的狀況產生一種扭曲的驕傲感還是我對這些自身的狀況其實有一種與眾不同的優越感存在。仔細思考過後並沒有，我想唯一的可能就是自己原本的狀況太糟了，導致現在的我對自己的狀況都覺得還好。

對我來說，「還好」的意思就是「我還沒死」。

我習慣了當人問我狀況時，我回答「還好」了。因為就算說很糟也沒有人能夠幫我，就算告訴他人我現在的狀況糟透了，也沒有人能幫我解決我的問題。我習慣了當別人問我如何的時候，我誠實回答，然後對方給我一大堆我沒有辦法接受的答案，有向宇宙和解的，也有向神明禱告的，還有將自己交給神的。

——有些人將自己的人生交給神明後一團亂，他還是希望其他人也將自己的人生交給神明。我不相信那些東西。我也不相信自己。

我思考了很久，我真的對於我自己的處境有感到一絲驕傲嗎？我給自己的答案是沒有，我只是，不知道該用什麼態度去面對這些事情而已。我總不能進衛教室後哭著說我要痛改前非，過去的我真是太蹉跎時光了，我實在是太糟糕了——那不現實，也沒有用。如果哭一哭我的身體就會好，那我現在就開始大哭三天三夜，把我身上的業障都哭出去，從此做個健康的人。

但我們都知道這不可能。

我的現狀就是光顧好自己就已精疲力竭，更遑論有那個心力能夠對自己的狀況產生一種驕傲感。每天睜開眼醒來我都想直接再閉上眼繼續睡過去。人生脆弱，我實在也沒有想到我會在這麼煎熬的狀況下堅持這麼久卻還要努力活著。我知道每個人都很努力活著，畢竟誰不努力，每個人都在自己的地獄裡堅持著要找到地獄更深的地方。我只能選擇笑著在這個地獄裡活著。

嘻嘻哈哈久了，有時候也覺得自己是瘋癲的。

8

我沒有信仰。

我看過太多人因為信仰而導致自己的生活都開始失能，也明白許多信仰是如何摧毀他人的生活。嚴格說起來，我是個一生鐵齒的人。我是走夜路即使害怕也會告訴自己這世界沒有鬼怪，在夢裡夢到鬼怪在我面前衝出來，夢中的我也會一拳往鬼怪臉上灌的那種人（我在夢中真的做過這種事）。我不信神佛，因為我看到太多愚昧的人，認為神佛可以幫他們解決一切，事情做成了是神佛的功勞，事情失敗了是自己的業障。許多人認為自己所遭遇到的一切是上天給予的考驗，所以將一切都扔給神佛，希冀神佛可以保佑他們，彷佛祈禱就是線上遊戲的每日簽到累積點數一樣，積滿多少句佛號或者多少禱告的功德就可以解除多少此生的業障，但現實並不是這個樣子的。

現實生活並不是你唸多少佛號，累積多少個小花印章就能快樂渡過的，我們有災有厄，生活有快樂有痛苦。快樂的時候沒有多少人會珍惜快樂的生活，但痛苦的時候時間彷佛像是被按了緩速一樣，每過一點都刻骨銘心。我也不意外自己沒有信仰。在我人生中最脆弱的時候我也有求神拜佛過，想當然沒有任何回應，所以我成長的過程中便了解到求神拜佛，不如自助天助。我也不信天助，我雖然會迷信說看到車禍就要買張彩券這種奇怪的玄學，但我知道自己最痛苦的時候是如何一步一步慢慢走出來的，所以即使有天助，對我來說，如果我自己不踏出那最關鍵的第一步，我永遠也走不出來。

有時會想，人是這樣的，許多經歷過痛苦的人會對他人的痛苦表現出不以為然的態度。我常常也是這樣的人。但痛苦這種事是這樣的，只有自己經歷過的版本，才是最真實的版本，其他的都是水中月，我們能夠看到，也知道它可能是什麼情境，但我們體會不到水中的月光究竟有多麼冷。偶爾會覺得，人真的是經驗的動物，但每個人對於經驗的認知與面對的方式又各有不同。有些人生活優渥，所以對他人的痛苦毫無所覺；有些人歷經苦痛，所以認為他人的痛苦不值一提，這其實是不一樣的，但就結果來說，卻又是相同的。

我明白法與人的不同，法是沒有好壞的，它是工具，工具只有在人手中才會變成傷人的利刃。我看過許多人被法人結合後的宗教騙財甚至騙色，也有看過人因信仰高僧最後妻離子散，家破人亡。宗教對我來說，就是設置許多條條框框，要信者擠進那個窄框，最後留下來的信徒就是他們想要的信徒——或他們想要的模樣。對幼時的我來說，宗教就是個莫名其妙的存在，是個我做錯事後，我要被逼迫著唸佛經懺悔，我要被逼著說我自己造了許多罪業我要懺悔、我要因為我的無能為力而被逼迫著做許多我不想做也不願意做的存在。

所以我無論發生多少事，我都認為那只是生活中比較倒楣——很正常啊，人有幸運自然也有不幸。所以無論是我看到有人在我面前跳樓自殺，還是走在路上有台筆電從我面前從天而降砸在我的腳踏車輪上，或者車禍被車撞八、九次（一年就被撞六次），還是有飛車搶匪拖著老奶奶在我面前經過，又或是在嘉義的時候目擊車禍的頻率高到連警察都認識我，我都只認為，這些只是我比較倒楣而已。

這些經歷一字排開，真的是特別荒謬。也感受到我的人生就是一生鐵齒，但每次鐵齒到最後就會反過來打自己巴掌，曾經說寫詩的人都是花痴，結果最後寫詩還出了詩集；說看病的經歷不出書，最後不僅出了書還出了貼圖做了貼紙；我曾以為自己一輩子不會真心誠意地去寺廟等地，最後卻因為各種莫名其妙的原因去拜了水仙尊王，拜拜的過程很奇妙，有些問題不管怎麼擲筊就是會出聖筊，有些問題不管怎麼擲就是沒有。我雖然沒有到完全相信這一切，但對我來說這整個過程就是一個新奇的體驗。

我仍然不會有特別的信仰，但對這一切至少我是變成多少相信了一點點了。但我還是覺得，任何事情，求神拜佛還不如自己踏出第一步。如果沒有要開始的打算，就算冥冥之中真的有個神祕力量給你多少契機，你也不會朝目標前進一步的。

9—

我沒有使命感。

我是指，對寫作這方面，或者對文化這部分，我自知自己從來就不是一個高度關心文學文化的人，我雖然寫作，但與其說我在寫作，不如說從一開始我就是在自救。我從來就不是因為什麼文學文化之美而愛上了寫作，我是不得不寫，我是因為生活的壓抑與困頓而接觸書寫；是無力的自己為了拯救即將崩潰的內心而接觸文字。我知道文字有優美的表現，有審美的可能，但我從來不認為那是最重要的，這也許是我常常覺得與許多人格格不入的原因。

寫爛詩者不知凡幾，我常看到許多人寫了爛作品之後故作矜持要他人不吝給予指教，有時候我都會想問，這些作品寫了有什麼意思嗎？我是指，這些作品無論從語言藝術上來看，還是從直指內心的力道來看，都略有欠缺，但是許多人會寫詩之後，開始自詡為文化人之後，彷彿就忘了自己會寫作之前都做過什麼事，或者是只要自己開始寫字了，那些優美的字句就能為自己粉飾太平一樣。許多人書寫，套模套版，主詞受詞稍微調換，語言陌生化套上去，讓作品像模像樣，接著便對他人大肆指教，彷彿在座諸位不照他的文字美學書寫，就全是垃圾。而這樣的寫作者到處都是，每個都是大指教者，指教者，他指教別人可，別人指教他卻大大不可。

我不會說自己不是那樣的人，但我是活得忙亂的那種人，忙亂到我自己不知道自己想要的究竟是什麼。我在碩士畢業前，以為自己的人生也許會這樣一直寫作下去，也以為寫作可能就是我的志向之所在了。後來的事情許多人都知道了，父親去世，接下來的幾年我都投入在工作裡，寫作斷斷續續，生活也過得破碎艱難。直到好幾年後的現在我才開始回過頭思考自己的寫作，我對寫作從來就沒有什麼文化使命感，當大家在堅持語言的創新與突破時我在寫我自己的東西，當大家在討論文字藝術與現當代潮流的結合與開展時我也在寫我自己的東西，我像是停在原地的跑者。許多人說，大家都前進了，你怎麼還在原地？

——我怎麼還在原地？

我好像回到自己的幼時，在組隊活動時，所有人都找到自己的隊伍，但我一個人還站在原地，因為沒有人想和我玩，我也無所謂和其他人一起，或者說是賭氣，認為自己不需要其他人也可以過得很好。就算課本被藏起來，就算自己的東西被人扔掉也固執地認為自己可以。我是靠著粗心活到現在的，對許多事的感受雖然被我忽略了，但它們確實都發生在我的生命中了，也多虧自己走的慢，我才不至於支離破碎。有的時候不是我自己想在原地，只是可能我還沒有準備好吧，對我來說寫作也是一樣。我偶爾也會思考，我雖然不擅讀書，但好歹也讀了個碩士，我知道文字的審美跟文學創作時大家在意什麼，我明白大家究竟在爭執什麼，或者說在意什麼，但我為什麼就不願意配合？當大家在文學的領域一步一步向前走的時候，我像是在原地踏步的孩子一樣，我還在糾結那團解不開的毛線團，我還在糾結自己因為幼時所受過的創傷或者青少年階段所遭遇過的片段而導致我會因此而停滯思考的事情——我還卡在我自己的生命裡面。

許多寫作的朋友都會給其他朋友看自己作品希望被評論，我幾乎沒有。雖然我和徐珮芬及潘柏霖關係很好，但我們私下幾乎不聊寫作的事情，我不會給他們看作品，相對地，他們也不會拿自己的作品給我看。我們知道彼此對彼此的作品沒有置喙的餘地——或者說，我們也不知從何說起。我們不需要對彼此的作品表現出讚賞，也認為沒有必要拿自己的作品給對方看就為了尋求認同。有時候我會想，這樣子寫作究竟樂趣在哪裡？我的寫作與其說是尋求認同，不如說我就是在陳述。我陳述自己想些什麼，看到的人認同或不認同，我都同樣是我。我是如此固執的人，固執到不知道該如何改變自己。

我知道換個思路自己會有很多題材可以寫，許多文字不外乎經驗的再現，我可以寫我自己的經歷、寫我怎麼過來的、寫我都發生了什麼，但我總和自己說沒有必要。現在想想，也許不是沒有必要，只是和前面說的一樣，我還沒有準備好。我還沒有準備好面對我自己生命中最大的創傷。僅此而已。我沒有什麼文化使命感，因為我連活下來都要費盡心思，我想的只是怎麼解決自己的痛苦，我是自私的人，是活得左右支絀的那種人。

但至少我現在還在這裡。

10

我不知道要寫什麼。

中風後好多次都想打開檔案寫些什麼，每次都是打開之後呆坐在螢幕前面，最後一個字沒動，又把螢幕關上。腦袋嗡嗡的，千頭萬緒這詞此時在我的腦海裡一點都不誇張，所有資訊都沒有辦法化作有效率的文字呈現出來，我沒有辦法在一篇稍長的篇幅裡聚焦去談某件事情。以前最喜歡做的事情就是隨意亂談，抓出一條線慢慢透過篇幅最後收束在某個核心之後去談這件事，但這件事突然做不到了，訊息彷彿變成雜訊，我沒辦法解讀的雜訊。

但不可避免的還是會感到挫折，因為我一直覺得我的腦子雖然不算聰明，但已經是我全身上下唯一堪用的器官了，但是現在連這個器官都有點故障。原本講話都很順，現在講話不但結巴，還表達不清楚。我一直很想給自己一個修復期，例如七天十天，那七天十天內我就認真地悲傷，過後仔細地將這些情緒整理好，將那些悲傷通通整理堆疊到一起，接著繼續生活，像是這些沒有發生過一樣地生活。

然後就是你們知道的，我沒有時間。這些情緒我很熟悉，我父親走掉的時候也是這樣，我沒有時間難過。情緒被時間分割成一個又一個的小片段，又瑣碎又斷裂，我既沒有時間傷心，也沒有時間頹喪。

不過也許有些事情就是要像這樣言語說不出的時候，才能突然明白。有些人曾說我的詩非常淺白，在一段時間內，運用非常簡單的詞彙調度讀者的情緒，而這樣是無趣的重複，而藝術應該要是開創性的，例如誰誰誰與誰誰誰（恕我略過其名）。我不是要說他說的不對，事實上我覺得他提的作者們很好，雖然他們後面也略重複了自己，但這完全不影響他們的好。我只是，有點厭煩這種說法。我如果重複某些題目，可能是因為我被某些過去的東西困住了，而我還需要那些「東西」，陪我一起走出那個淵藪。在某些人的心裡文學的價值一直高過於人本身的價值，所以他們會拿某些心理疾病開玩笑，寫詩戲謔。

我一直不能理解。

曾教過我的老師說「我看過你以前的作品，你是能寫的，為什麼要放棄那條路」，意謂我後面的作品因為語言和題材的選擇討好讀者，並且他不看好這條道路。這段故事我好像曾經說過，但我沒有說過的是「這些選擇每一個都不是你選的，你不用承擔後果。」每個人有不同的地獄，我在我的地獄裡面拚死掙扎，最後出來了，你們看到了這個我，卻沒有看過苦苦掙扎時候的我。大學時我的母親在上課時連續打了好幾通電話給我，我出教室接通電話，他在電話裡面大哭，他因為自己原生家庭的事情而崩潰。後面幾年每年他都要跟我說一次，「你寫的東西充滿死亡我看得很痛苦」。我不可能用後見之明告訴他，因為我其實不想死，寫的每一個死亡都是在求救。他也聽不懂。於是我換了寫法。那個時候剛好是研究所一年級時，指導老師要求我讀的東西變多了，換了寫法之後能寫的東西突然變多了，晦澀的東西變得明白了，到現在，現在的樣子你們都知道了。

我一直在想究竟是「想和人溝通」讓我走到了這裡，還是我其實是「想和我媽溝通」，但現在是什麼原因也不重要了。我停在過去的寫法也許是自我滿足，但我永遠是座孤島。我這座孤島唯一的貢獻大概就是我沒有拿過任何補助，出版社有問過我要不要投補助，但我目前沒有拿過任何補助，仔細想想，我根本也沒必要那麼認真解釋我的一切。

畢竟沒有人能幫我度過這一切。

20220325

想起過去和朋友聊天聊到自己幼時的狀況，我覺得自己沒有瘋真的也是一種奇蹟（也可能我平時就瘋瘋的所以反而沒有真的瘋掉）。因為體型被人欺負，說到底在高中畢業以前我幾乎不相信現實的人際關係。在校內也曾被老師帶頭訕笑嘲弄。原生家庭又各種精神狀況不穩定，阿嬤瘋瘋癲癲的，時好時壞，好的時候跟我說我要好好成長，不好的時候說我們是垃圾只配吃垃圾。我媽迷信各種宗教與鄉野偏方，他迷上尿療法的時候我簡直要瘋掉，也許尿療法真的有其療效，但對小時候的我來說就是無力抵抗的幼童被大人逼著喝自己的尿。因為身體的關係，我媽帶我找各大醫院、神壇，甚至是鄉野間的仙姑師姐，每一次都要哭著說他不知道怎麼把我養成這個樣子，然後開始問我說是不是上輩子跟他有結冤仇，這輩子是來報復他的。仙姑也會說得煞有介事一樣說我多少輩子的前世和我媽有什麼恩怨糾葛，好像說我是什麼神仙然後因為懶散就被罰入人間如何如何，我媽就會要我跪在佛像前向我的累世前身懺悔，要我向一切懺悔。

可能某部分的我真的是壞掉的，我對許多事情能有同理心，但要說我真的感同身受，我又會覺得不要再撒嬌了，因為這個世界就是這樣，沒有人會真的為你的痛苦而停留，時間不會因為你的痛苦停下來，在我崩潰的時候，時間還是在走，該做的還是要做，肚子還是會餓，事情還是會搞砸，所以與其崩潰，不如趕快把事情做好。但這會有新的問題，就是我不擅長與自己溝通。狀況變成，我理智上知道，但是情感上一直繞不過。以前我聽到許多人在講自己的狀況的時候會像我前天貼的那本漫畫《虐待我的爸爸終於死了》裡面畫的一樣，我會想：「蛤，就這樣？我覺得你是過太爽。」但其實每個人的狀況不同、承受能力也不一。以前我也會覺得說什麼討厭吃芋頭的、討厭吃香菜的是過太爽，人真的要餓死的時候才不會管什麼是芋頭什麼是香菜，都會吃下去（人真的覺得自己要餓死的時候，真的是土都想吃。不要問我為什麼知道），但近幾年的我可能過得略有餘裕了，我會想，討厭的東西就是討厭，可能真的沒有辦法吧。

其實寫很多東西的時候都會很猶豫，因為我知道自己的記憶並不可信，很多事物其實是感受的問題，但我有時候會想，如果前提（記憶）是錯的話，那我的感受還得以成立嗎？所以近幾年我寫字的速度變慢了，一方面是我開始不那麼相信自己的感受了，另一方面則是，我知道記憶的不可信。當然有些事情還是有跡可循的，但是許多事情讓我不得不慢了下來，生活、身體，以及遭遇到的痛苦及生活中創傷的反覆浮現。許多時候我們都只能靠著自己和自己戰鬥。我們總會以為自己和世界戰鬥，但我最近會想，其實多數時候，我們其實是在和以為那是整個世界的自己在戰鬥著。每個人都有在意的事情與自己生命的課題，也許我們都應該先了解自己到底在和什麼對抗會好一些。

有時候會看到許多人像我以前一樣，會說有些人無法理解什麼是因為不夠聰明，可能是因為我本來就不夠聰明，所以我現在偶爾會想，人其實也不用那麼聰明，我們只要知道自己為什麼，以及和什麼在戰鬥著就好了。

輯二

以及旁觀他人

沒有祕密？

必須先說，因為我並不是諮商專業，所以一切都是以我的個人經驗為出發。前些日子買了一本書，在翻開看以前，我以為又是一時興起買了一本無法看完的心靈雞湯書籍，點開以後，我對裡面的內容非常感興趣。為了不破壞大家可能會有的閱讀體驗，我盡量略提內容就好。

書裡的內容，大致上是作者自己參加諮商互助團體的經驗，只是他的經驗與一般進入團體治療的方式不太一樣。一般來說，進入諮商治療階段，會有一個規則，就是保密——因為信任眼前的這個人（諮商師）不會將我的祕密說出去，我才能試著練習對他坦承，而治療其實都是在坦承之後才開始。而作者參加的這個治療的規則，則是：沒有祕密。

這件事既違反直覺又充滿危險。危險的原因是，為何我們去尋求諮商的協助，還要冒著被人傷害的風險？在書中描述的許多片段中，我們能夠看到許多過程是極為粗暴地逼迫參與者改變——甚至不是改變，而是逼迫參與者接受他者的想法這個事實。

風險尤其在於，如果沒有專業的諮商師在一旁協助，或者是進行的諮商師不夠專業，尋求協助者會一瞬間縮回自己的殼裡。我一開始也疑惑，因為許多人尋求協助的原因，就是因為無法承受向他人坦承之後所收到的回饋；無法接受的，其實是自己的恐懼，因為我們賭不起，所以不敢賭。

絕大多數時候，我們對陌生他者的不信任，其實是合理的；因為就過去經歷的一切，跟自身的社會經驗來判斷，他者是有可能傷害我的。只是看完這本書後，我從頭思考起諮商這件事情——我怎麼能判斷，諮商師的保密條款，是真正的保密？又或者是說，在團體諮商中的保密，是真的祕密嗎？

我一直相信，一件事情只要知道的人數是複數，那它就不再是祕密了。

既然不是祕密，那總有被傳出去的一天的，差別只在於傳出去的是我還是他人而已。

這樣想之後，回過頭看這本書陳述的諮商故事，某種程度來說，我可以理解這個諮商流派的迷人之處跟可怕之處。主角在一開始聽到沒有保密原則這件事情的時候，問了醫師：「這樣我們怎麼能感覺安全？」醫師回答他：「你怎麼會認為保密就能讓你安全？」

這整件事情可以拆成兩部分，第一個部分是，為什麼，保密會讓我們感覺到安全？第二個部分是，為什麼，這件事會讓我們覺得需要保密？

每個人活著，都會有一些想要保密的事情。但問題是，為什麼想要保密？除卻一些特殊狀況外，許多人不想談的部分，其實是自己都不想談的自己；也就是我們在面對他人時，選擇不揭露的某一面。而那一面可能正是需要面對的課題，有可能是羞愧，也可能是創傷，或是不想承認的部分（例如自己的陰暗面等）。

我重新整理就我所知的諮商知識，發現這個團體諮商雖然很違反直覺，但它可能滿有效的（對我而言）。對我來說，諮商的終極目的，就是將自己所有隱蔽的一切，透過有效的資訊整合，輸出給他者（諮商師）；並透過他者的角度，協助我整理、指出我沒有意識到的情緒（例如為什麼憤怒，或者為何羞愧），並且給予我建議或者支持。

我們最終的目標，是將心中難以對他人言說的部分，能夠透過理智將其整理出來，並對他人訴說。只是一般諮商治療中，每個人能承受的範圍有限，所以會讓步調慢下來，好讓諮商者以最舒服的狀態去決定自己能說到什麼程度。

但其實，書裡的這個治療，與其他的治療並不相差太遠，醫生只是將整個流程以近乎粗暴的方式拉快了，藉由團體感營造並不是只有我一個沒有祕密，訓練彼此習慣並知道，即使我們不保全這些祕密，自己也很安全（而且醫師其實是有在控場的，只是比較難察覺）。

看完這整本書，我開始回過頭思考，這個團體要營造的，是一個人際關係網絡；是一個可以聽你的祕密，而不會給予你過多評價與壓力的環境。因為每個人都知道彼此不堪的一面，所以才沒有負擔（不是有句話說祕密才能交換祕密嗎）；換個角度看，也有了支持自己的人。

在活著的這些日子裡，我也遇到很多人向我坦白自己的祕密，在他們說之前，我都會和他們說，你可以說，但我只會聽，不會提供你建議，甚至不會回應你，但我會看到。我看到許多人的祕密，許多人講完後甚至跟我說，我可以將他們寫成故事，我大多都會回，那是你自己的故事，我不方便寫，等哪一天你認為自己可以了，再把他們寫出來就好。

我一直明白，那些人會告訴我，不是因為信任我；而是因為，告訴我也沒有關係。我想，我們只是要逐漸訓練自己，讓自己的祕密總有一天不再是祕密（不過諮商這種事情還是要量力而為，看自己的承受狀況，並尋求專業協助），直到告訴別人也沒有關係的那種程度。

「善」的發聲練習

最近這樣熱的天氣，街上的人三三兩兩。倒也不是因為天熱導致人們不出外，而是疫情尚未緩解，還有些人躲在別人看不到的地方聚會，像是要跟上天賭個運氣，看是病毒在自己發現之前就傳播出去，還是自己先被病毒擊垮，不得不去做篩檢、隔離、匡列其餘可能暴露在病毒風險中的人。

許多人讓我感覺，他就身在人生中最大的賭局裡，自己就是籌碼，要嘛全拿，要嘛全部輸光。彷彿一切危難都只是世界編出來的巨大謊言，其他人都是傻子只有他最聰明。口罩像是枷鎖限制住人身自由，只有他不受限制，他是最自由的人。

在工作時耳聞一個曾見過面的人確診。在認識他以前，我一直以為網路上說的那種「會得病就是會得病，不會得病的話我就算去跟確診者吃飯都沒事」、「實聯制是政府要竊取我們個資，想掌握人民行蹤」的人們是都市傳說，而他完美地將所有網路都市傳說特質集於一身，他本人就是都市傳說的本體。最讓我震驚的是，他確診後也並未收斂，只是說自己運氣不好，政府應該更積極對防疫有所作為，要盡速解決疫情，讓百姓恢復正常生活。每次看到他說話，我都會覺得達爾文所說的天擇論的確是真理。

這麼說似乎有些刻薄，但這的確是我自台灣進入三級警戒以來的感受。有些人總認為這沒什麼大不了的，既不覺得自己會感染，也不為他人著想。在台灣進入疫情嚴峻的時期伊始，我在外面工作時看見許多人連戴口罩都不願意配合，要求他戴口罩，他就撒潑耍賴；叫警察來之後，在警察的注視下他戴上口罩，警察一離開視線，他就把口罩脫下，恢復成一臉要死不活的樣子。

面對這些人，我想到的只有自私二字，有時候我會告訴自己，這些人是無法控制的，我們只能控制自己，降低自己的風險，這陣子出門，我都是酒精噴好噴滿，只差沒有對著他們的臉噴酒精（但我很想）。

這世界上沒有人希望自己生病，更何況是這麼難受的病症，理智上也知道我們該對抗的是病毒，而不是人；但感情上，我卻覺得這些絲毫不注重他人感受的人就是病毒本身。可能是因為工作的原因，每次出門時都會稍微注意周邊環境跟周遭的人，台灣的疫情開始嚴峻至今不過兩個月，收掉的店面愈來愈多，走在路上的人愈來愈少；而那些不願做好防護的人，卻幾乎一個都沒有少。有時我會開口制止那些人，和我母親提起時，母親總會說別人不戴關你什麼事，不要多管閒事。我總會覺得有整片的問號在我的腦內狂奔。

我其實是了解的。對許多人來說，改變他人的代價與要背負的風險太大了。

但我有時總會想，如果這個世界沒有任何人願意對一件應該做的事情發聲，那這件事情就會一直維持在錯誤的樣子。這並不單單是面對疫情，而是適用在所有事情上。前陣子我去買午餐的時候在麵店裡看到一個阿伯沒戴口罩，一直對著櫃檯大罵，我遠遠地聽他罵些什麼，果然又是罵些政府正事不做，逼人民戴口罩不是正途等等，最後我決定在門口大喊，說外面有警察在對不戴口罩的人開單，他如果再繼續騷擾別人我就要叫警察過來了。阿伯轉頭看我，罵罵咧咧地就要走，一邊走還一邊說關你屁事、多管閒事等的話。

仔細想想，我總是做些吃力不討好的事情，但我也從未想過什麼太深刻的原因，純粹就是我認為這件事情不對，不應該發生這種事情，所以我為這件事情發聲。許多次我曾經在跟人有爭執的時候，向對方解釋，我並不是某某主義者（可套用在很多主義上），也曾被人質疑過，當某某主義者是很丟臉嗎，為什麼要說自己不是？我的回答一直都是我並非站在誰的立場說話，我只是認為許多事不應該發生，許多人不應該遭受不公平的對待。對不少人來說，彷彿善待他人就一定是虧待自己，但我認為並不是這樣的。善待他人與善待自己其實是一樣的事情，只要想想許多事情，當你是那個正在受傷的人，正在生病的人，你會希望別人如何對待你那就好了。

當然，這世界上也的確是有都市傳說本體大哥那樣的人的，所以我現在一直告訴自己，不用強迫自己一定要體諒他人，也許那些人本來就不值得體諒。也或許在他們眼中，我才是那個煩人的多管閒事的無聊人士，只是我對於這些事情依舊是耿耿於懷，並且忍不住會發聲提醒。

魷魚遊戲

因為黃麗群的推薦，中秋連假我找了《魷魚遊戲》來看，實在太好看了，短短兩天我就看完了。這對我來說非常難得，因為我看劇非常慢，平常看劇時不到三十分鐘，注意力就會開始渙散。以下可能會有劇透，我會在盡量不劇透的狀況下寫。如果在意的可以先去看完再來看。

一開始我以為這是部沒什麼意思的生存遊戲劇，這種類型的劇很吃遊戲設計，要設計得既聰明又有趣，一直是這類作品最難的點——通常都是開頭有趣，後期乏力。當我看到第一個遊戲是單純的一二三木頭人的時候，我就在想，這個設計真無聊啊，不知道後面會怎麼發展，又或者，導演和編劇會怎麼安排人性的考驗？但是往後看就會發現，生存遊戲只是一層皮，也是一種幽微的隱喻，所以玩什麼其實不是重點，而是為什麼是這些遊戲，當然這點要等看完劇之後才能感受到。

所有好的作品都會影射現實，但這種生存遊戲類的劇情，角色們的選擇，往往更直接地影射現實，每個細節都會有指涉的現實涵意在，用這種角度來看的話，每一個點都變得饒富意味。在其他生存遊戲類作品，多數人都是因為不可抗力進行遊戲，就算想中斷遊戲，也極少有辦法；在《魷魚遊戲》中則是安排了一個「民主」的選擇，讓大家透過投票決定要不要繼續玩下去。這裡的劇情處理得很好，沒有讓角色透過回憶他們悲慘的一生，最後決定繼續下去，而是微妙地表示出有一半的人因為獎金想繼續玩，另一半為了活下去而選擇放棄，最後一票之差暫停了遊戲。

然而出去之後等著那些人的，並不是外面世界光明的人生，而是每個人都被逼著重新面對了一次自己的地獄，在裡面掙扎、扭動，最後還是回到了看似公平的遊戲場上，最終有兩百零一人離開，一百八十七個人回來。所有在場的人，不管是什麼原因，都是社會中被淘汰的「弱者」，而遊戲場上會盡量保證著「公平」，靠孩子們的遊戲盡量撇除掉不公平的因素，這更突顯了現實的殘忍。

整部劇隱隱埋著好幾團火藥，導演談了性別、談了社會，也談了人性。在最後一集中，幕後主使者對主角說：「你知道身無分文的人和家財萬貫的人的共通點是什麼嗎？就是人生毫無樂趣可言。如果擁有萬貫家財，不管買什麼或用什麼來滿足口腹之欲，最後都會變得了無生趣。」看到這一段，讓我想到應該是美國作家 Paul Fussell 寫過的話，貧富的兩極其實是相通的。但《魷魚遊戲》用了更直接的一個點，那就是樂趣。一群生活中再也沒有樂趣的有錢人，為了找樂趣，看一群極為窮困的人玩遊戲給他們看，他們追求的是什麼？是刺激，還是想看看與生活不同的風景？

多數成人們看孩童們玩的遊戲，認為是天真的，然而不管是什麼遊戲，輸掉通常就代表了死亡，只是孩童們口中的死，並沒有那個意味。玩鬼抓人的時候說「我抓到你了，你死了」或者是一二三木頭人的時候阻止那些還偷摸著想移動的朋友「你已經死了怎麼還偷動」。但如果用現實世界的角度來看這些遊戲，它們其實是帶著隱喻一路陪伴著孩童成長為成人的；

成王敗寇這件事，被代換成落敗即死亡。

在第一次遊戲裡，參加者們一片一片地死，背景音樂卻是優雅輕柔的 Jazz 版本〈Fly Me to the Moon〉，在唱到了「In other words, please be true/ In other words, I love you」的時候，主角因為他人的善意而躲過一死，在這個時候我們可以知道，這部劇想談的其實是，你會在危急的時候，伸出你的手幫助他人嗎？

在最後一段中，幕後主使者和主角打賭，會不會有人去幫助雪天倒在路邊的醉漢：「你還是相信人嗎？即使經歷了那些事也相信嗎？」還問他，沒有動用獎金的原因是因為罪惡感嗎，並說「那筆錢是你的運氣和努力所換來的報酬，你有權利可以花用。」這邊隱晦地將整場生存遊戲和現實生活連結起來，暗指巨大的成就背後，其實都有巨大的犧牲。

整部劇裡，所有人的行為都和真實生活中有異曲同工的指涉，像是有一些人知道了規則，但想減少競爭者所以不告訴他人；有些人透過其他管道，得知了內幕消息，站在有利的一方假裝自己仍公平競爭；女性身為弱勢，用盡各種方式只為了求生，而男性也毫不猶豫地利用、剝削女性（但它也告訴你被剝削的人沒有在客氣的，被利用了拋棄了不會只是隱隱暗恨而已，是真的會帶著恨意和你一起去死）。有了現實的對照後，種種關乎人性的細節，使整部劇看起來更有意思，而不是只像某些評價說的拖戲與無趣。

在這部劇中，或者說人世間，每個人都有算計，也都因為這些算計掉入自己的蛛網地獄中難以脫身，以我個人對人類社會的認知與理解，我其實認為結尾有點理想化（但最近時報出版的《人慈》也推翻了我原有的認知），但我認為一部作品有點理想化是好的，畢竟如果要看殘酷的現實，直接看現實就好了，文學與戲劇最吸引我的一點就是，即使過程如何黑暗，最後還是有微弱如星火的希望在裡面閃爍。

《人慈》有感1

0

這幾天社群網站又發生了大型掉馬甲事件（馬甲，一開始是中國用語，意為為了掩飾自己身分而披上的另一層網路身分的分身帳號。掉馬甲就是被人認出來了的意思）。掉馬事件原本沒什麼，許多人都披過馬甲，因為絕大多數人披上馬甲的原因都是為了講一些自己本人說出來會導致自己社會性死亡的言論，所以每一次掉馬都會引起大家一時譁然。這次的掉馬要從社群網站的功能說起，網站有一個功能叫「偷偷說」，用偷偷說發文，就會由系統隨機分配一個帳號給你，讓大家不知道你是誰，這個功能我個人是又愛又恨，因為匿名的關係，所以不管是溫馨還是惡意，一切情緒流動都變得非常明顯且進展快速。

今天早上看到掉馬事件的當事人出來道歉，曬藥單並講說自己發生過什麼，我覺得這不是重點，因為這並不是他可以這麼做的原因，在某種程度上他這也是一種推諉，但我看到其中有兩段我想特別拉出來講：「除了恐懼同時我對人也是憎恨的，散發著惡意同樣得到負面回應，這樣證實了人性本惡會讓我覺得十分舒適。不過到底也只是自己一直散發惡意，傷害已經造成了，也不是辯解的理由，但是一時之間也沒有辦法組織得很好做出很得體的道歉。」以及「我在匿名說了很多惡劣的話，包括很多歧視的言論，有些不是我本身的想法……我大概清楚什麼的言論會造成怎樣的反應，他們可以選擇忽略，或者衝進去罵將惡意擴大，而通常都會遇見後者的，這樣我的心就會舒適一些……證實我的世界觀……」

好巧，我也同意他的這種說法——我是指，我清楚什麼樣的言論會造成什麼樣的反應，那些人可以選擇忽略，或者衝進去將惡意擴大，而通常都會遇見後者，證實我的世界觀。這種想法我也同樣有，但我也要援引我最近在看的書，時報出版的《人慈》作為回應。

1

作者羅格．布雷格曼（Rutger Bregman）在第一章就寫到荷蘭格羅寧根大學的社會心理學教授湯姆．波斯特梅斯（Tom Postmes）多年來都在問學生同一個問題：

想像有一架飛機緊急降落並斷成三截。當機艙濃煙密布，裡頭的每個人都了解到：我們得逃出去。這時會發生什麼事？在A星球上，乘客們轉頭問旁邊的人有沒有事。那些需要援助的人第一批獲救脫困。人們即便面對完全陌生的人，也願意奉獻自己的生命。在B星球上，人人都只顧自己性命。恐慌爆發開來。出現大量的推擠。孩童、老人和行動不便者被人們在腳底下踩踏。問題是，我們活在哪個星球上？

我以為是B，我相信很多人也跟我一樣認為是B，畢竟眾生皆自私，易恐慌，在危難時刻互相推擠只為了自己求生，我覺得無可厚非，也是難以避免的。但是 Tom Postmes 告訴我們：「我估計大約有百分之九十七的人認為我們活在B星球上。但真相其實是，幾乎在所有的情況下，我們都是活在A星球上頭。」甚至連鐵達尼號沉沒也是一樣，電影中人人都被恐慌蒙蔽，但事實上撤離行動相當井然有序，有一位目擊者回憶這麼說：「沒有慌張或歇斯底里的跡象，沒有恐懼的喊叫，也沒有人來來回回亂跑。」

對我們來說，或者對大多數人來說，同類（甚至是我們自己）給我們的印象就是自私、侵略性強，又容易恐慌，我們都有一種錯覺就是現今的人類文明非常脆弱，只要稍微地刺激一下就會崩裂，所以我們能看到許多娛樂作品，人類們自私自利，且冷血無情。

2

《人慈》這本書裡面所舉的例子幾乎推翻了我對人類的認知，但又十分合情合理，他寫到十多年前的卡崔娜颶風的事，「德拉瓦大學（University of Delaware）災害研究中心的研究者的結論是『所有情急下的行動中，本質上有利於社會的占了壓倒性多數』。有一群名副其實的『無敵艦隊』前來把人們從逐漸升高的洪水中救出，其中最遠的船隻甚至是從德州而來。成千上百的平民組成救援小隊，好比說一群自稱『羅賓漢盜賊團』（Robin Hood Looters）的人——十一位友人組成這個團體，四處尋找食物、衣物和藥品交給需要的人。」大災難使人類展現出最直接、本能的反應，也表現出了使我意外的良善素養，作者寫：「大災難使人展現出最良好的素質。但我從來沒看過哪個有這麼多紮實證據在背後支持的社會學研究結果，會如此漫不經心地遭到忽視。媒體塞給我們的畫面，和災難降臨時的實際狀況始終都是相反的。」

我其實很想寫一些我的觀點，但 Rutger Bregman 寫得太好我其實沒有什麼好寫的，我認為這件事情跟他在第一章寫到的非常像，他寫說「真實是什麼？有些事情不管你信不信，它就是真的。水在攝氏一百度會沸騰。吸菸會致死。甘迺迪總統於一九六三年十一月二十二日在達拉斯遇刺。其他事情的話，則是如果我們相信，就有機會是真的。我們的信念變成了社會學家所謂的『自我應驗預言』：如果你預測一間銀行會破產，而那說服了許多人把帳戶結清的話，那麼該銀行肯定就會破產。』（中略）「或許你已看出我從這一點要帶出什麼說法：我們擔憂人性的這種觀點，也是反安慰劑。如果我們『相信』大部分人不值得信任，那我們對待彼此的方式也將會如此。很少有哪種想法在形塑世界時，有著跟『我們對其他人的看法』一樣強大的力量。因為到最後，你會如願以償。如果我們要對付我們這時代最大的挑戰——從氣候危機到我們對彼此愈來愈強的不信任——那麼我覺得，我們需要開始著手的地方，就是我們對人性的看法。」

3

我從小偏信的就是性惡說，成長過程裡接觸到的有良善有正義，但大抵也都依循著人性本惡的原則在面對他人，這使得我少踩很多陷阱，也使我不致於碰到許多惡劣的人將自己扔進深淵裡，說到底，對我來說這個世界就是，我願意相信善良，但不要去賭他人的善良，我認為對人保持基本的警戒是對的，例如有人靠近你就和你說：「我這裡有個賺錢的機會……」我這一定是有多遠跑多遠，但我認為其他事情只要不涉及到安危，其實聽聽也無妨。

但這並不能等同於我對人性失望，所以我想做出一些事情去引誘他人的「惡」出來，並且因為他們吃了我的餌，所以我很開心，因為我證明了人人心中皆有惡，我證實了我的想法。這不一樣的，這不能成立。我認為人性的本質與你下場去引導是兩回事。人性的本質也許真的惡劣，但這種惡劣我認為和我們接收到的資訊有極大的關係，為什麼我們明明住在一個大家可以互助的社會，卻總是認為彼此之間總是互相坑害、彼此攻擊？

Rutger Bregman在書中提到了一則來處不明的寓言：

一名老人對他的孫子說：「我心中有一場爭鬥，那是兩匹狼的惡鬥。一匹是惡狼——憤怒、貪婪、嫉妒、傲慢又膽小。另一匹是善狼——平和、慈愛、謙遜、慷慨、誠實且值得信賴。這兩匹狼也在你心中爭鬥，也在每個人心中爭鬥。」

一會兒之後，男孩問：「哪一匹狼會贏？」

老人露出微笑。

「你餵養的那匹。」

4

我無法決定究竟是人性本善還是人性本惡，我只能說我原本偏向性惡說，因為這個社會也的確讓我親身體驗到什麼是人性中的「惡」，但《人慈》告訴我另外一種可能——也許我們身處的世界其實沒有這麼糟，我們並沒有處在一個除了自己他者全是敵人的環境。我們（包括自己）也許並非野獸，我們有內在的動機驅使著我們善良。當一個相信世間之「惡」的人當然比較輕鬆，把他者都當成惡人當然比較快樂，因為那代表我們偶爾墮落的小奸小惡並不突出也不惡劣，但我也還是要重提我講了多年的事，人之所以為人，就是因為人有理智，且人能夠在自身環境惡劣的狀況下做出利他的行為。

並不是所有人都帶著惡意面對這世界。我們當然可以做一個惡質的信徒與無賴的預言家，在人與人相安無事時說：這一次沒有被攻擊只是運氣好，下一次一定會有人踢你一腳；沒有人騙你只是因為你還沒被騙。我們當然可以保持這種懷疑的態度面對一切，因為這樣比較安全，也比較輕鬆。

但問題是，我們能保持自己的猜忌心多久？我們需要多久的時間，才能面對自己對他人的猜忌，或者是停止對自己的猜忌？我無意對掉馬的小釣手說什麼，我只能說自業自得，如果你相信人世間總是惡意的，那你無論看什麼都是充滿惡意的。

《人慈》有感2

0

日前因為發生一些事情，時報問我有沒有興趣再寫一篇《人慈》的文章。我說看看狀況，但才剛回完下午就看到了想寫的新聞。我上一次寫到《人慈》是去年的九月，那時候是因為另一個社群網站發生了大型事件，事件的來龍去脈我就不再贅述，因為和我這次要寫的事沒什麼關係。

最近中國那邊有個人叫劉學州，他的故事簡單來說就是幼時被自己的親生父母賣給了其他人，他長大之後透過各種方法要尋找自己的親生父母，在去年底，成功地找到了親生父母，當地警局還為他們舉辦了認親儀式，但是在相認之後他才發現自己不是「丟失的孩子」，而是自己的父母當年為了籌辦結婚的彩禮錢（我們台灣應該是聘禮），用人民幣六千塊錢將他送給養父母，結果四歲時他的養父母就雙亡。

找到父母之後，才發現父母雙方都有了各自的生活，根本沒有想起過他，甚至更別說為多年後的重逢感到欣喜，只覺得麻煩與累贅。對一般人來說久別後的重逢本是喜事，但對他來說只是惡夢再重演一次。他在遺書中寫，出生就被父母賣掉湊彩禮，四歲養父母雙亡，小學後在學校被人欺凌，還被男老師猥褻，然後是「尋親男孩」。

尋親後發生的事，他寫那是「第二次遺棄」，生父生母說他要錢要房，但其實他只是和父母說，「他想要一個家」（或者說想要一個住處，租的也好），他父母將其解讀成「他想要一間房」。接著網路上有一群人開始洗風向，說他只是要錢，根本不是為了尋親，只是利益薰心。出聲支援他的人也被質疑用心是「蹭熱度」、「吃人血饅頭」。

最後劉學州留下一篇篇幅頗長的遺書，將在他身上發生的故事都寫了下來，並在中國三亞的海邊服藥自殺，送醫後不治。

我想說的是，看到這些事情實在很難讓人相信《人慈》的作者寫的內容是對的對吧？我是指，當我們在現代，一天接收到的訊息可能是古人的一百萬倍，我們現在一天接收到的資訊已經超過十五世紀的人們一輩子所能接收到的訊息，但我們並沒有因此更有智慧，而是顯得更難以對資訊進行分類與判斷。我們會看到近年來常常會有人說「帶風向」，甚至前陣子我們一起追的深夜番〈宏慌之力與蕾神之錘〉，也能看到所謂的買網軍，大家都試圖搶占輿論的高地，讓自己站在一個相對優勢的地方。

·

我可以理解大家在想什麼，畢竟我們現實中所接觸到的人事物等，真的很難說是「人性本善」對吧?我在上一篇寫《人慈》的文章裡面寫：「我只能說我原本偏向性惡說，因為這個社會也的確讓我親身體驗到什麼是人性中的「惡」，但《人慈》告訴我另外一種可能——也許我們身處的世界其實沒有這麼糟，我們並沒有處在一個除了自己他者全是敵人的環境。」我現在也仍是這麼想的，在這幾個月中我看到了許多社會新聞，每一次我都會問自己：「所以人性真的本善嗎？」

1

這沒有標準答案。

我也不可能有答案，畢竟人性本善還是本惡的問題已是長久以來的人性探問，但現在應該絕大多數的人仍是支持向惡說，畢竟向惡說仍是較為符合我們日常生活中所碰到的情況與現實取樣不是嗎？我們也能時常從電視節目與新聞現場中看到或耳聞一些令我們髮指的狀況。

《人慈》的作者在書中提到所謂的實境節目，他寫：「從《老大哥》

（*Big Brother*）到《誘惑島》（*Temptation Island*），所謂實境秀的前提是，如果放任人類自行其是，行為就會有如野獸……這整個類型的開山作，是MTV台的《真實世界》（*The Real World*）。自從一九九二年第一次播出以來，每集開頭都有一名演出成員朗讀：『這是七個陌生人的真實經歷……來看看當人們不想再客套、開始來真的，會發生什麼事。』」裡面也提到另一個實境節目，製作組將四十個孩子一起丟進某個已無人居住的小鎮裡，希望他們最後會發生爭吵，但最終沒有發生。書內寫到有一個當年的參加者說：「他們不時就會發現我們相處得太融洽了，而他們就得要觸發點什麼，來讓我們吵起來。」

我也並不是沒有看過人說「我們都知道那只是一個娛樂節目」或者「那只是個故事」，然而就像作者所說的，故事很少只是故事而已，故事也可以是反安慰劑。憤世嫉俗的故事會影響我們看待世界的方式，在英國有研究證實（雖然看到英國研究我的頭上就會浮現問號）看比較多電視實境節目的女孩，也比較常表示耍狠及撒謊是人生成功的必要之舉。一如媒體科學家喬治．葛本納（George Gerbner）做的總結：「誰來說文化的故事，誰就真的支配了人類行為。」

作者寫：「現在該由我們來說個不一樣的故事了。」

2

我們的確是需要不一樣的故事。

也就是我們需要聽到的其實是一些聽起來「不切實際」的故事，例如政治人物都是為了人民的利益而努力、商人賺取自己應有的報酬外也兼顧良心、所有孩子都擁有美滿的家庭……這些是不是聽起來很耳熟？其實這些不就是日常中我們情感上希望發生但理智上知道很難滿足的狀況嗎？我們其實一直都受到自己的看法影響，因為認為世界就是這麼糟的人這麼多，所以總覺得糟的人多我們一個不多，少我們一個不少，所以許多人認為，自己當個糟糕的人，也無所謂吧？反正這個世界不會因我們而改變，所以我們可以放任自己做些小奸小惡，偶行苟且並心安理得。

現代許多人會將自己做的某些行為稱為「社會實驗」。我很不喜歡社會實驗這件事，因為絕大多數的社會實驗其實是種考驗，他想考驗人心，在無人知道的狀況下人到底會做出好事還是壞事，但大家都知道這些考驗的問題在於，一個人站在什麼立場上去考驗他人，以及，我們只能看到考驗當下的那一刻，我們甚至不知道那個畫面的當下是不是事實。有些人會刻意做一些勾起他人惡意或者憤怒的事情，並在成功激怒人後說：「你看吧，我想的果然沒錯，這個世界就是這樣的。」

我只想說，不，是你讓這個世界變成這樣的。

一個人的確很難改變世界，但一也是全的一部分，當我們作為全中的一時，我們自己開始改變起，當改變的一愈來愈多，一也有可能變成全。

3

回到劉學洲以及李靚蕾與其他我們所看見的各種網路帶風向與暴力的狀況。我其實願意相信那些集體的「風向」其實是少部分人開始挑起的火，他們扔了一些火種下去，稍微煽動，就讓狀況變得難以收拾。

在這個狀況下，所有人都會被引動，每個人想說話的慾望都會被勾起來，覺得這一定有問題的人會說「我就覺得這一定是要錢」，或者覺得主動說話就是作亂有鬼的人會說「他如果真的像他說的那麼好，他還會這麼咄咄逼人嗎」，每個人都有自己的思考路徑，但是在同一個社會氛圍與環境的影響下，我們極為容易被他人的言論影響，也容易被他人所稱擁有的證據影響看法。劉學洲的故事，你要說那些在網路上質疑過他的都是「惡」嗎？我相信有某些人是拿錢辦事抹黑他（你看，我也因我自己的價值觀影響相信某些故事的前提條件），但我也相信許多人甚至不知道自己說了什麼，自己在評論誰，以及那個受到評論的對象幾歲，真實的他是什麼樣的人。

在網路上遊蕩這麼久，我也算是看過大大小小各種網路事件的網路地縛靈，許多事件發生時其實都沒那麼嚴重，是當事人與我們旁觀的人將它疊高的，許多人對於網路事件的評論，甚至講得像是他就是當事人一般，但其實我們拉開距離看待，許多人甚至不知道自己在說些什麼，會對誰造成什麼傷害。以劉學洲為例，有人說他十五歲有人說十七歲，但不管是十五歲還是十七歲，那些網路言論都不應該是拿來對他說的話。現代社會與媒體給我們一個錯覺，就是我們有權力對他人的人生做過多的指教。

這其實很難說是善，但應該也很多人，尤其是真正路過留言指責的那些人，認為自己並不是「惡」。我也不認為他們是真正惡的狀態，大多只是混亂、從眾，並且認為自己應該找到「真相」了，但故事真正拉開來是什麼誰都不知道。從結論來說，劉學州吞藥自殺送醫不治，沒有人會因此得到應有的教訓或報應，過往所有因網路而發生的憾事也都一樣，包括過去自殺身亡的韓國女明星、因實境秀而炎上的日本女摔角手，許多發出評論的人都在對方自縊身亡後說其實大家都很愛他們。

那不是愛，真的愛他們的話，就在他們還活著的時候愛。

4

我其實到現在也還是很難說《人慈》的作者說的完全沒錯。對我來說這是一本非常理想化的作品，因為生活經歷與遭遇過的事情的關係，我也偏向性惡論，但這本書對我最大的影響就是，我願意相信作惡作亂的人只是部分人，而不是所有人一有機會就會大肆表現自己內心的黑暗面。

這也許也只是一個「我希望」的安慰劑效應的狀況，但我覺得人生與其將所有人都當成敵人來看待（現實狀況是如果我們這樣做，那現實生活中也的確會到處都是我們的敵人），不如好好生活，認真吃認真睡，遇到事情慢慢處理，遇到難題好好解決。我當然不會將所有人都當作善人，因為那與現實不符，我會保有保護自己的能力，我願意相信人的本性善良，但我也願意在人並不是那麼善良的時候，用相應的方式處理面對。

原罪是來自於不理解——

《章魚嗶的原罪》

《章魚嗶的原罪》是漫畫家タイザン5的出道作，全部僅十六話，從二〇二一年十二月連載到二〇二二年三月，每集均有三百萬以上的瀏覽量，單行本上市隨即銷售一空，熱賣到拍賣網站上喊價將近兩倍，而且多數商品均已售出，出版社不得不發文表示再版馬上就上市了，請大家不要購買高價轉售商品。這部作品的風格與我們所熟知的 Jump 的漫畫不太一樣，談論的是霸凌、家庭暴力與毒親[1]問題。在日本有評論說它是「惡夢版哆啦A夢」，作者タイザン5自陳創作構想源於責編問作者喜歡什麼題材，他回答自己喜歡《哆啦A夢》與《Re：從零開始的異世界生活》，於是想創作一部有這些元素的作品，最後的成果就是這本短短兩冊的作品。

1　毒親：毒親一詞源自於蘇珊．佛沃（Susan Forward）所著作品《*Toxic Parents: Overcoming Their Hurtful Legacy and Reclaiming Your Life*》，意指在孩子成長過程中，對孩子的身心靈、生活、價值觀方面造成負面影響的家長。

故事開頭是來自快樂星的章魚型外星人，初到地球差點被衛生所的人抓走，又即將餓死時遇見被同儕欺負的小學生久世靜香，靜香救了他，也為他取名「章魚嗶」，他為了報答靜香，決定要用各種道具讓靜香找到快樂，讓她也展露笑顏。章魚嗶拿出許多快樂星的道具，例如「啪搭啪搭翅膀」又或者是「HAPPY 照相機」，但沒有一個道具能讓靜香變得快樂。拿出了「和好緞帶」，更成為靜香自殺用的工具。章魚嗶為了拯救靜香，決定不斷回到靜香還活著的時間點，希望不僅能阻止靜香自殺，更能讓她得到快樂。諷刺的是，每當章魚嗶懷揣著善心拿出道具想讓靜香「好轉」，最後卻都會變成加速失控的油門。

如果說《哆啦A夢》的劇情是建立在友情與人性善良上才成立的話，那《章魚嗶的原罪》劇情的成立，就是源自於對痛苦的直視。雖然章魚嗶無知，又毫不理解人性，他每次想幫助他人時，都因為只能看到表面問題，無法解決真正的癥結點而使得問題愈發嚴重。透過劇情的推展，讀者能發現幾個主角痛苦的背後成因，但那是因為我們超越了那個劇情，我們不在其中，我們才能夠在無關己事的狀況下冷靜地看到裡面的困難與牽扯。

隨著劇情推進，故事不斷反轉，讀者能看到欺凌是其來有自，暴力是有根源的，但我們無法做出決斷說誰才是真正有問題的那個人，也無法輕易說出究竟誰才是真正錯的那個人。因為所有人都是悲劇的產物，沒有人真正教過這些孩子究竟該怎麼面對發生在自己生命中的傷害。在劇情後面，章魚嗶說了一句話讓我印象深刻：「茉莉奈總是這麼用力地碰我，原來是在模仿媽媽啊！原來人類就是這樣練習如何養育後代的。」回過頭看，故事中出現的幾個角色，都只是在重複自己家庭的悲劇，以及悲哀的命運鎖鏈。

整個故事充滿張力，雖然沒有真正描寫幾人的家庭，但透過側面描寫，已經足以讓讀者明白這些孩子為什麼會變成這個樣子。章魚嗶就是那個我們都曾經遇過的善心人士，要你放寬心、要你快樂，但卻不睜開眼睛看看我們身上到底發生了什麼的「他人」。章魚嗶真正理解痛苦時，是他化身為茉莉奈，以她的身分生活，真正面對了她所遭遇到的一切，他才知道他從來沒有真正嘗試理解他們，無論是靜香還是茉莉奈，他都只是想靠道具使他們「快樂」而已。

然而事實是人永遠無法真正理解他人，我們也都只能試著盡量去「了解」另一個人。整個故事有許多遺憾，但所有遺憾都在告訴讀者，雖然他人無能為力，但我們能夠試著理解，而理解會使所有孤獨的人都不再孤獨。也只有試著面對他人的痛苦，我們才能夠真正解開與他人之間的結，和好緞帶才會真正有用，而不只是拿來上吊用的繩子而已。

溫柔且哀傷的漫畫之鬼——

藤田和日郎

今天想和大家聊的漫畫家，他的作品在這個時代可能很多人翻開就會放下，第一是因為他的畫風，說好聽是狂放，說難聽就是線條混亂，甚至還有點髒。第二是現代人閱讀漫畫的節奏也已經變了，一般漫畫都盡量會在兩到三頁就讓主角出現，而他在漫畫裡為了鋪墊恐怖的氣氛，則花費十頁左右的篇幅才讓主角登場。他就是《潮與虎》、《傀儡馬戲團》的作者，藤田和日郎。

我其實沒想過我會需要從藤田和日郎的基本資料開始介紹起，因為在我的認知裡，藤田和日郎是大師級的漫畫家。只是在決定這期要寫他後，才發現不知不覺中，藤田已變成了一個相對冷門的作者，所以我還是介紹一下他。藤田和日郎是一位出道已久的漫畫家，在一九八八年他便以〈連絡船奇譚〉獲得第二十二回新人漫畫大獎，隔年他便以《潮與虎》（台灣原譯名為魔力小馬，後改回為潮與虎）獲得第二屆少年 Sunday 漫畫大獎，接下來便是長達七年的連載。接著他繼續創作出《傀儡馬戲團》、《月光條例》、《破壞双亡亭》等長篇作品。

藤田和日郎最開始的連載之路其實不算順遂，因為在一九八〇—一九九〇年那個時代，主要熱門的漫畫多為運動競技類的漫畫，但藤田和日郎想畫的和主流題材卻不太相同，經過了多次嘗試，才提出了《潮與虎》的初案，當時他便以短篇獲得了漫畫大獎，後來才試著進行短篇連載，迴響熱烈後才改為長篇連載。藤田和日郎的作品一直不是熱門題材，在主流題材是運動競技的時候，《潮與虎》畫的是人與怪物，再隔幾年後，《傀儡馬戲團》畫的是人與傀儡，他有著自己的步調，但這個步調對讀者的要求就略微高一些。

對讀者的要求略高並非指要看他的作品需要很高的素養，而是會喜歡他的作品的人需要對無可奈何的悲劇這件事有一點共感與體悟。至少讀者是個需要有些微同理心的人，才能抓到他劇情裡面幽微的那個點，我們才能理解在他的故事中，許多人只是因為某些齒輪對錯了地方，所以一切都錯位了，他的故事中惡並非就是純粹的惡，並不是像傳統王道漫畫一樣，惡就是徹底的惡，而是在劇情走到最後時，我們會發現惡的成因，許多時候原自於荒謬的錯位。《潮與虎》中的白面者對自己出身的憎恨與對溫暖的渴望、《傀儡馬戲團》中白金因為偏執的愛導致的所有悲劇。

藤田和日郎的作品看多了，會發現他本質上是個溫柔的人。雖然他的作畫風格以粗獷狂野聞名，但他的作品追到最後，會發現他的核心問題其實只有一個，那就是對幸福的追索。從《潮與虎》開始會看到他對善／惡之間的追索，到《傀儡馬戲團》看到小勝哭著說為什麼大家都不能得到幸福呢。我們會發現即使藤田和日郎設計再多絕望的橋段、拋出再多痛苦的場景，他最終追問的其實是一個問題——為什麼會有這些悲劇發生。他在《月光條例》的後記寫到，他的創作根源是安徒生（Hans Christian Andersen）的《賣火柴的少女》（*The Little Match Girl*），他說那就像詛咒一樣，像一根刺刺在他的心中，他很想問安徒生為什麼要寫出這麼悲傷的故事。但他也說，他之所以憎恨這個故事，也許是因為他置身於不需要這個故事的生活中，隨著故事的創作，他建構了許多作品跟故事，他發現卡在他心中的刺也不見了，也許他只是想描繪屬於他自己的賣火柴的少女。

有的時候我會忘記藤田和日郎的作品是少年漫畫，因為他比起一般少年漫畫想談的主題探問的更多，最新的連載《破壞双亡亭》更可以說是他這些年對創作思考的一個小小的總結。如果要我對藤田和日郎這個人下一個評價，我會用他自己的作品裡說的話，他是一個溫柔且非常哀傷的人，這些故事對生活在痛苦中的人們來說，就像是一根根的火柴。許多人也因為他對創作的熱衷與對自己作品美學的堅持，給他「漫畫之鬼」的外號。對我來說他是一個溫柔的鬼，追問對幸福故事的可能。

現代人的愛情圖鑑——我如何看 BL

我第一次看BL作品好像是我高中的時候，是我的同學介紹我看的。那時候對BL並沒有什麼認識，就只是當作普通的愛情故事來看。但當時的社會風氣與現在相差甚遠，能見到的作品幾乎都是同人誌，所以我跟同學偶爾會去同人場。但因為我個人沒有體力的關係，都得拜託他幫我買，然後就會有以下對話。「幫我買幾本清淡一點的。」「好，幾本重口味的。」「……」當時會去同人場的原因是因為沒有商業出版社願意出類似的作品，二是有類似題材的都是沉重的文學作品。

雖然同性情節的故事存在這個市場已久，也有電影《斷背山》（*Brokeback Mountain*）於二〇〇六年在第七十八屆奧斯卡金像獎獲得八項提名，但事實上大家都還是把他當作「文學作品」來看。BL作品與同志作品雖然並沒有嚴格定義，導致很多人將他們混為一談，但都是講述同性之愛為題材的作品，在一般人眼裡應該都一樣吧？——一樣挑戰社會傳統價值觀。然而對於同志跟對BL愛好者（俗稱腐女）來說，關注的點卻不太一樣，同志讀者看的是作品中的主角符不符合自己的喜好，而BL愛好者更關注的則是角色之間的關係。（我寫到後來才發現網路上已經有文章整理出類似觀點，〈鏡頭中的BL：談BL作品真人影視化〉）所以我剛上大學的時候會有人喜歡橡皮擦跟紙與筆之間的三角戀關係，也有人喜歡大陸板塊擬人化之類的配對。

對我這種既不是同志，也不是腐女的人來說，看這種作品與其說是看著兩個同性相愛，不如說是看兩個人相愛。也就是對他們來說這段感情性別已經不重要了，所有的性愛片段，與其說是目的，不如說是手段。一種側面描寫主角（攻）跟主角（受）之間角色個性差距的表現手法。更甚至物種也不是重點，重點只是在劇情與劇情之間怎麼轉換，為什麼這麼做，有沒有合理的邏輯，而這些過程最後會導向什麼結果。對我來說，研究劇情為什麼導向這邊，以及角色之間的內在情緒邏輯，顯然要比看兩個角色莫名其妙湊上去要來得有意思。

雖然現在商業的BL比以前要來得常見，也有一些非典型的作品，例如《與變成了異世界美少女的大叔一起冒險》、《僕少女》、《魔女的僕人與魔王的角》，這些作品相較於BL，更像是透過「變性」來確定主角彼此之間的心意。然而透過時代的推進、風氣的發展與變化結局也有更多的可能。譬如一九八七年的《亂馬½》，雖然主角也是因為各種意外而能在兩種性別中切換，但當時的社會風氣讓我們都能夠想像結局多半是變回男性，與女主角結婚（為了確定這件事情，我還去找了他的電子書來看他的結局）。而現代隨著同性戀逐漸被社會大眾所接受，結局出現了新的可能，像是《僕少女》就是由主角（男），變換性別為女，最後隨著劇情推進，決定自己要成為女性，並與男性友人相愛。

這些種種的戀愛故事其實拔掉性別就是個性各異的人在談戀愛，雖然有受社會價值觀的影響，但追根究底仍然是愛情故事。而愛情故事不會因為性別就有所區別，這篇我想了很久，與其介紹BL的流變，不如和大家談談我是怎麼看待 BL 的。希望社會風氣逐漸轉變，有一天大家在談起 BL 的時候不會用異樣眼光看待。BL 作品不過就是兩個同樣長著男性性徵的人在談戀愛，用平常心去看待即可。

20220715

最近余秀華的新聞很多，實際上發生什麼事情大家簡單搜尋就會看到我就不贅言。我也不提關係內暴力的問題，我對這問題只有一個建議就是能跑多遠就跑多遠。早上看到有人說到「人設」，說他不要賣這個人設就不會有這些評論。我真的是勸這些人平時多做一點好事，不然他們平時講出來的話缺德缺到走在路上可能都會被雷劈。

余秀華本人並不喜歡人家稱他為腦癱詩人，他曾在自己的簡介裡寫過：「我希望我寫出的詩歌只是余秀華的，而不是腦癱者余秀華，或者農民余秀華的。」所謂人設本來就是編輯或者出版社為他所下的一個標籤。這個社會善於替所有人分發標籤，你是誰，他是誰，他又是誰，但沒有人真正關心真正的模樣到底是什麼。

有些人會說他透過那些標籤賺進大把好處，我真的是一個呸。以前和人爭論過類似的事，他說余秀華也透過腦癱詩人這個身分賺進大把名聲跟金錢，我還記得自己當時回了什麼，我現在也是回一樣的話：「不然你現在也可以去撞出個好歹來，他天生就是腦性麻痺，他沒辦法選，你可以選，你要不要去撞出個好歹，你來炒作看看。」我當時很震驚，一個有基本智識，甚至算得上是高知識分子的人怎麼會說出這種話，眼紅忌妒也要有個極限。

對某些人來說余秀華爆紅只因他的身分加分，他們從不看看余秀華都寫了什麼，作品為什麼被喜歡，為什麼會有人看，只覺得說哦他就是炒起來了，一個腦麻的低學歷的農婦，憑什麼得到這麼多的讚賞，社會愚昧啊，讀者給他的評價一定多半都是同情分。這些人從不反身自省看看自己都寫些什麼東西，離這個世界多遠，也從不檢討自己有沒有貼近環境，有沒有面對這個環境做出什麼反應。

我曾到中國參加交流會，我一直記得當時交流會上的老師說很多人對余秀華的評價就是，他就是個農婦，只是運氣好，炒起來了，但是余秀華的確做到了很多人都做不到的事情，「創作者最困難的事就是你寫了一輩子，但你不知道自己是誰。你寫了一輩子卻沒有一句話被人記住。」如果余秀華只是因為腦癱，但他自己寫不好，那他沒有可能會深刻地敲進讀者的心中。許多人認為讀者愚昧，但讀者永遠都比我們想像的精明。

我也曾經有過類似的抉擇，有人建議我要寫什麼聳動的標題或者是為我自己下註，我說不要，我就是宋尚緯。余秀華也曾說過，有人說他是中國的艾蜜莉.狄金森，他說：「我不同意。任何一個人被模仿成另外一個人，那都是失敗的。狄金森是獨一無二的，我余秀華也是獨一無二的。」

有些人對某些身分去出書能得到的熱度跟銷量感到羨慕，我個人是建議，如果那些人真的認為用那些身分或標籤可以得到成功，那這麼說好了，你們已經得到成功的鑰匙了，怎麼不去嘗試看看？我笑那些人不敢。

像大山一般跨不過的小事

許多時候我分不清一個人究竟是對某件事物講究，還是純粹就只是有特殊的怪癖，例如我自己好了，以前的我對半熟荷包蛋有種莫名的偏執，假設我去早餐店或鐵板燒店，我一定會點荷包蛋，上面備註半熟不破四字，我們只講失敗的後果，此處會有命運的分歧點，假設店家看到我寫的備註和我說：「半熟有困難，我盡量。」那麼即使店家端上來的時候蛋黃已經破了，我也會跟自己說好吧就這樣吧，但如果店家看到我的備註毫無任何反應，可是他端上來的時候蛋黃卻破了，我就會覺得我的一天全毀了，我會跟店家說：「呃，我要蛋黃半熟不要破。」然後要店家再煎一個，原先點的那個分給其他朋友吃。

糟糕，現在的我將這件事寫出來，突然發現這對他人來說，顯然是一個怪癖。

一個人的講究與特殊怪癖的分界其實在一個很幽微的模糊線上，例如我媽媽，他是一個虔誠的佛教徒，他堅持許多事，例如持戒（雖然他常常破戒），或者是行善積德（即使他仍是和一般人一樣，偶有小奸小惡），但有的時候我在一旁看他的行為，也不免覺得他的堅持在旁人看來，顯然也被劃分在怪癖的區域。例如他會寫信跟蟑螂商量，請蟑螂們不要太過分，至少白天的時候留下一些空間給我們（人類）活動，或者是會在客廳跟蟑螂對話說，蟑螂菩薩，你們不要再來了，然後揮手把蟑螂趕走（這對我來說完全無法理解）。

又例如我住的地方外面是可以懸掛招牌的，於是他找了個廣告公司，掛了一面非常大的佛像招牌上去，我一開始問他這不會很怪嗎的時候，他還回我說：「哪會，這很莊嚴啊，而且晚上亮著燈，十方法界的眾生都能看到。」我內心哀嚎，我不希望十方法界的「眾生」都能看到啊。剛搬進去的時候，隔壁賣麵的店家問我：「你們是賣佛教文物的嗎，還是開道場的？」我也只能尷尬地笑笑回：「那只是我媽媽的個人興趣啦。」

原本我以為覺得這是怪癖的只有我（或者其他非佛教徒），後來有一天假日早上，我家的門鈴響個不停，當天我整晚沒睡，臉色超臭的走下樓看到底是誰，結果是一個表現得非常誠懇的人問我：這邊是不是某某宗教學會？我當下氣到笑出來，但又不好對他發火，他又很誠懇地問了我一次，請問樓上是某某學會嗎？我深呼吸回他說：「那個招牌只是住戶的個人興趣。」只見對方也愣了一下回：「個人興趣？」我：「對，個人興趣。」我從他的表情看出來，很明顯連佛教徒也不覺得這只是個人興趣能做到的程度。

後來我就明白，其實絕大多數時間裡，「講究」與「怪癖」這兩件事，差別只在於懂你這怪癖的人夠不夠多。如果有但不夠多，充其量就只是個比較特殊的癖好；如果懂你的人夠多，甚至擁有這怪癖的人為數不少，那就可以被稱作堅持與講究。

有一部日劇叫《甘太郎：愛吃甜食的上班族》，講一個菁英業務員，平日嚴肅，工作績效也非常優異，但他其實是隱藏的甜食愛好者，平時努力跑業績完全是為了擠出時間，能在上班的時候摸魚到各個甜品店吃甜食。這部劇非常好笑，我本也以為主軸就是看主角拚命擠出時間吃甜點，沒想到劇情突然一轉，帶到了他之所以如此，是因為從小就被母親嚴格控制不能吃甜食，長大之後才用盡力氣追求。

所以我想無論是講究還是怪癖，常常只是一個非常非常小的點，然而那個點，對個人而言，都像是不可能逾越的一座大山，橫在我們面前，就像我只要講幾句話，就能引起大家的紛爭，例如火鍋要不要放芋頭、料理要不要撒香菜、滷肉飯要不要拌、香菇跟芹菜是不是食物等等……。

不過，上述食物不管是芋頭還是香菜、香菇還是芹菜，滷肉飯要不要拌，我個人是都可以接受就是了。從這一點來看，我大概是個非常不講究的人吧。

20211015

看到一些人的動態只有一個感想：如果你不懂得將自己與他人畫出一條界線來，那你遲早會被那些逐漸模糊界線的人事物吞噬殆盡。

不說別的，光是自己對他人的同情與協助就可能將自己帶往地獄。幫助人不是不好，但要量力而為，我們都別把自己想得那麼重要或者是將自己當作誰唯一的繩索或稻草，因為那極有可能不是斷掉就是一起沉進水底。你如果沒有辦法將自己穩定好，那你還是不要隨便去幫助別人，因為那其實是在將自己推到懸崖邊。

我後來極少回一些私訊也是因為我自己無法完全負擔他人的情緒，因為太多了，我真的承受不了，所以後來收到私訊的時候我都會先講好條件，能接受的再說，而且我自己也會拉好線，這樣才不會把自己壓垮

並不是不能幫助人，而是你不要自以為自己是對方唯一的依靠。你會

把自己拖垮。如果對方只有你能夠求助，那顯然也不是一個健全的人際環境，你們遲早會陷入一種恐怖的依存平衡。我從來都不覺得人能夠獨自活著或者是人不應該幫助他人或不應求助，我覺得人與人之間是應該有這些往來的，但要拉出界線來，不要自以為自己是對方的救世主，因為我們絕大多數時候都是無能為力的人。

有段時間我對這個世界充滿憤怒。這個憤怒總的來說應該可以濃縮成無能為力四個字。

我對許多事情都無能為力，尤其是許多透過臉書與我的作品片面認識我的人，因為無處可逃之後最後找到了我。一開始我很想幫助所有我遇到的可憐遭遇的人。每一個人都有自己的故事，但許多人的故事慢慢爬梳到根源後會發現，絕大多數都是因為原生家庭的關係導致自己的破碎。

破碎其實也沒什麼，因為我也不認為有誰是真正完整的人。主要是剛開始助人的我，將太多自己給了出去。那其實很可怕，因為在給出去的過程中，人我之間的界線會逐漸變得模糊，當界線開始模糊之後，你會不知道自己是誰，而且更重要的是，你會不知道，自己其實不行。

許多人都以為在深淵裡的人，只要拉他一把就可以了。但許多人不知道的是，當你自己沒有辦法穩定住自己的時候，你一時興起拉對方一把，對方沒有站穩，可能就因為你轉身離開之後就跌回去原先的泥濘地裡，甚至摔得更深更重。我常常在臉書上寫，如果你沒有辦法穩定好自己，那你就量力而為，如果認為辦不到，就不要試圖用自己的命去拉對方一把，因為這不會是一換一，最有可能出現的狀況是大家一起陷入絕地之中。

這些年裡我碰過很多沒有道理的事情，我甚至還在一段時間內資借過他人一筆不小的金額，導致我自己生活都有困難。在我狀況最糟的時候，有些人垂死的呼喊我聽到了，但我真的無力處理，有段時間我甚至為此感到愧疚——即使客觀來看完全與我無關。許多時候我認為能與人共感是一種詛咒，畢竟我們也無法真的完全與他人共感，我們能感受到的只是我們自以為自己能感受到的，然而那些感受是如此真實，幾乎讓我們以為那就是發生在我們身上的事了。我還在臉書的訊息內收過幾封遺書，我至今不知道那是真是假，因為那些寫遺書的帳號傳訊息過來之後就刪掉了。

有些人認為我和他一同前進了（但這種前進可能只是因為他看了我的作品或者臉書），就認為我有某種義務應該要和他溝通。有些人會一直換帳號私訊我，也有人會換帳號不斷加我的臉書（這其實也是後來我的帳號關掉申請好友按鈕的主要原因），還有人會打電話給出版社說希望我到某某醫院去看他。有時候我甚至不知道該怎麼說，我知道所有人都需要慰藉，然而我也一直重複強調，每一個人都應該要知道自己在做什麼以及為什麼。

生活很艱難，每個人都有自己的障礙。我至今仍是跟一些會傳訊息給我的人說，你可以說，但我不會給建議，我很多時候在忙可能也只能回一個「嗯」，我不會負責你的人生，也沒辦法為你決定，如果你接受你就說，如果不行，那我們就打住。我還是建議每一個人都應該去嘗試諮商，或者是一些表達情緒的手段，音樂也好、畫畫也可以，甚至只是純粹寫日記都行。

有時候我覺得每一個來找我的人，只是不知道該怎麼在這個瘋狂的世界裡當一個瘋狂的人，許多人都是因為太誠實、太認真在面對這個世界，才被這個世界逼瘋的。我們要認清的第一個事實就是，我們真的就是沒有這麼重要。這個世界沒有任何一個人是重要到不可或缺的。那些曾經困擾我們的，使我們痛苦的，其實也沒有重要到不可以忘記。是我們自己抓著那些痛苦告訴自己我們不能忘記，因為好像只要忘記了，那些曾經受過傷的自己就再也不重要了。只是，痛苦的自己真的有重要到需要犧牲自己的生活、毀滅自己的生活去緊緊抓著它嗎？

如果只是看到人有一時急難，那幫忙一下也不會如何，問題是我指的通常不是一時急難的事情。我會收到遺書，會收到自殘照，會看到奇形怪狀的訊息，會看到人自殘，我不覺得這是任何一個人在精神上可以承受的東西。我沒有要否定想助人的心，只是有時候回過頭看，一件事抱著善意去做不一定會得到好的結果。我們需要的是助人的智慧，不是一時的同情，如果沒辦法擁有智慧，至少先穩定好自己。

輯三

而我還在這裡
與之共存

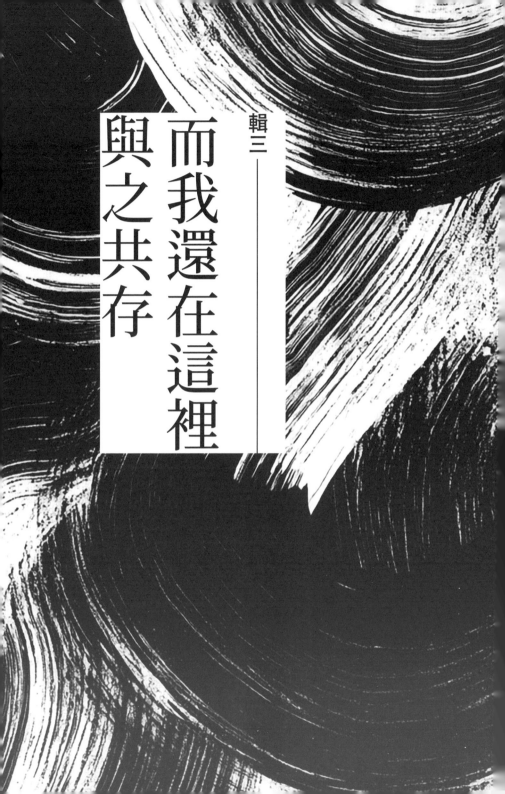

魔幻舞台要三個人喊

此刻不禁讓我想到《女神異聞錄》裡那句廣為人知的台詞：「已經不能再回頭了……」雖是說笑的，但多少也代表著我的心聲。

不知不覺，和阿存交往已經十年多過去了，因為疫情的緣故，我們雖然要登記結婚，但並不辦婚禮也不請吃喜酒，打算就默默地登記，完成身分的轉變。雖說身分會轉變，但生活應該不會——畢竟我們已經在一起生活這麼久了。久到我都有點忘記，還沒在一起前的生活是什麼樣子。我雖然常常在臉書上寫我的生活、寫我經歷到的一些趣事，但卻鮮少寫到阿存，因為他比我在意自己的隱私太多太多。在登記前我還是想寫些什麼，記錄自己此刻的心情。

我們都是難搞的人，大概交往後的一兩年我就意識到這件事了。剛開始和阿存交往的時候我們聚少離多，彼此都在自己的生活圈過著各自的生活，即使小有摩擦，也因為有距離的關係，所以那些小吵小鬧能夠很輕易的一語帶過。後來我們能相聚的時間愈來愈多，我們可能都覺得不對勁了，彼此好像跟原本認識的彼此都有落差，相處的時間變多，代表摩擦的機會也變多了。生活的習慣不同、價值觀不同，甚至是待人處事的方式都有所不同。

就說談論感情好了，或者說談論未來，我的習慣是將所有我不能接受的事一字排開，接著一個一個問自己，我能接受嗎？然後從那些相處的細節裡面開始問自己，既然我有這麼多不能接受的地方，為什麼我還願意和對方在一起？我在二〇二〇年和阿存的交往紀念日前，寫了一個動態，內容是「所有使你痛苦，但你卻無法放下的，要不是你無法割捨，要不就是當你在深淵的時候，對方曾陪著你走進人間。」阿存是這樣的存在。那個時候我們頻繁爭吵，為了雞毛蒜皮的小事都能吵起來，即使吵到最後發現是為彼此著想的，但仍會對彼此表達的方式感到不滿。

有時候會想不容易啊這些年。這些年我們都不容易，我們兩人都有自己的心魔要應對，各自光處理自己的事情就對其他事應接不暇了，更遑論去應對彼此的原生家庭。阿存幫我擋了許多年，交往多年，我直到前陣子才陪他回到他家，見過他的父母。我原本是抱著破罐破摔的心情去的，畢竟我對長輩及原生家庭的概念，都源自於我自己的原生家庭。而我自己的原生家庭，無論是長輩也好，或者是我媽也罷，都是我極力閃躲的存在。有時候我也會想，也許不是他們不好，而是我與這世間的大多數人都不一樣，為什麼其他人能對自己的原生家庭適應良好，而我卻不行？當然我後來發現並非大家對自己的原生家庭適應良好，而是每個人對自己的地獄都避而不談。

我從不迷信婚姻，我不相信步入婚姻是感情的終極解答，不相信結婚之後所有問題就會像變魔術一樣消失不見，我更相信的是所有問題會在結婚之後一一浮現。我是那種比起相信王子與公主婚後過著幸福美滿的日子來說，更相信婚後所有的淚水都是婚前腦子裡進的水的那種人。我不相信輕易的解答，不相信結婚之後所有的問題都像是大喊一聲「霹靂卡霹靂拉拉輕鬆開朗」，就瞬間像是搭起魔幻舞台一樣，婚後的兩人在舞台上過著魔幻的和平生活。我從小看到的是如果生活沒有保障，婚姻只是維繫關係的一紙契約，我看到的是如果沒有將自己的生活過好，婚姻生活是危險的火種，兩人會因為各種小事爭執不休，最後可能還會為了要脫產而辦假離婚，最後兩人過得既痛苦，又無法分開。

所以我很努力過活，努力到有段時間，除了工作之外我不知道自己還能做什麼。我的生活很無趣，除了工作之外就只有手遊，回到家後躺平，差不多就是半個廢人，偶爾做點家事，除此之外的我都不想做。阿存想叫我看的我沒興趣，阿存想要一起吃飯我也覺得沒有必要，我覺得兩個人在一起，只要在同一個空間做各自喜歡的事情，就很舒適了，沒有必要膩在一起，膩在一起對我來說只是更多的情緒勞動。以前的我會想，我在工作上受人糟蹋，承受太多他人的情緒，回到家後我完全不想負擔任何一丁半點情感上的需求。這件事情我們也是爭執多次才找到一個略為平衡的點，而我現在也還在努力學著如何回應阿存的呼叫。

我是個無趣的人，固執己見又不易改變，我總會在一個人的時候想到小時候，父親還在的時候會開著他的小發財車帶著我出去賣土窯雞枝仔冰，我坐在後面的車斗裡，跟小貨車上的蟑螂生態圈一起搖搖晃晃地被帶著到各個不同的地方，和不同的人做生意。偶爾我媽會跟著在車上，他們會坐在貨車前座，偶爾會因為各種生活的小事爭吵。我每次想到這，就會想到當時的我躺靠在貨車後面，蟑螂在我身上爬上爬下，伴著父母吵架的模樣，我就想跳下車消失在這個世界上。後來我跟阿存在一起了，在一起的這十年裡我偶爾會想到，我要怎麼樣才能讓彼此都好過一點呢？

我沒有答案。說真的我沒有答案。阿存在這十年多來問過我最多的問題是「你愛我嗎」或者「你喜歡我嗎」以及「我怎麼知道你愛我」，我後來知道他要的其實是情感上的表示，但對我來說我愛一個人的方式，或者是我如何表現出我對另一個人毫無防備的方式，是我願意告訴他我的存摺跟印章在哪以及我的提款卡密碼多少，但這對阿存來說完全不是他要的答案。所以這十多年來，我也是被這問題折磨到不要不要的，每次被問這個問題的時候我都會想，果真是成長環境的不同，連表達愛的方式都不一樣。

在這十多年間我們都改變了許多，但不變的事是我們都還在彼此的身邊。我們當然也有爭執與吵鬧，也有過差點就要分手的時刻，只是最後我們都還在彼此的身邊，並且要陪伴彼此往下一個人生階段走。謝謝他願意陪伴這樣的我繼續走下去，也謝謝我自己仍堅持在這個世界上，說不上是苟活，但我很努力地認真生活下去。謝謝阿存愛我，我也愛他。

寫到最後，拿給阿存看的時候，阿存問我：「你想表示什麼，魔幻舞台至少要三個人一起喊。我勸你是想好再回答。」我百口莫辯。

再也沒有蒜苗佐烏魚子了

我至今仍覺得這一切荒謬到有點好笑。這些內容原本只是我在社群媒體上因無聊而打出來的一些就醫的對話紀錄，但因為各種原因，最後卻真的集結成冊。一開始只是社群媒體上有些許人和我說這些對話能不能集結起來出書，他們一定會買。我沒有在意，第一是我認為社群媒體上的人說會買跟實際上會不會買是兩回事，第二則是，我其實並不認為這些內容是值得被出成書的。

後來問的人多了，我半開玩笑地說，好吧那有人整理的話我就出。結果真的有人整理了，我像是被架在烤爐上的小豬一樣，看著爐子上的火還沒點起來，我的內心在那垂死掙扎說，這種東西沒有出版社會出的啦。結果是當天有三間出版社寫訊息問我真的要出版嗎？如果真的要出的話他們可以出。我滿頭問號，當時的我不只被架上烤網，還提醒大家爐火沒點，更眼睜睜地看著大家把爐子的火點起來，一次還點了三爐火，燒得旺旺的，我往哪逃都沒有用。

——我每次躺在中醫診所的診療床的時候也是這麼覺得的。無處可逃，又不得不面對過去的自己因放縱所造成的惡果。看中醫真的是很奇妙的體驗，我剛開始看醫生的時候都和我弟戲稱這是東方的神祕巫術，醫生聽到都會回我們說：「什麼巫術，中醫很科學的好嗎？」但對我來說，有些事情不知原理便幾乎等同於巫術，大概就跟中古世紀的人看到現代的手機能視訊通話、能看影片，覺得那是某種神祕不可觸的神祕現象一樣。

醫生看久了之後也漸漸地能摸出一些身體的使用方法，或者說是注意事項。這還不牽涉到任何理論，純粹只是在過程中歸納出某些規律，例如我暴怒的時候會一直打嗝。我會一邊生氣、一邊很累，然後一邊打嗝，接著去拉肚子。現在寫起來很好笑，但當下完全笑不出來，只會覺得我的身體到底在幹嘛。回診的時候問醫生，醫生就會跟我說是因為暴怒傷肝，肝氣剋胃，在這個過程中還會影響膽汁的分泌，膽汁分泌就會影響腸胃蠕動，接著就會開始拉肚子。我第一次聽醫生這麼說的時候真的是滿頭問號，很想問醫生說，你可以說中文嗎？我知道他說的是中文，這一連串的身體影響聽起來也很合邏輯，但我就是很難理解，為什麼我只是生氣，最後的結論是我爆拉一通。

我自己也很意外自己會持續回診中醫。我的意思是，中醫的治療過程其實是很反人類直覺的。剛開始看醫生的時候我根本無法理解，為什麼身體太虛弱反而會睡不著、為什麼發燒是身體有力氣的表現、為什麼醫生說我的身體在好轉但我卻覺得自己要死不活，這一切的一切都太違反直覺了，對一般人來說，健康與否，身體舒不舒服就是最直觀的表現，但在中醫的邏輯來說你感覺虛弱可能只是因為你的身體把力氣挪去做其他事了（譬如修復那些外觀看不到的損傷），我可能感覺自己快死了快不行了，但其實我的身體狀況可能是與過去數年以來相比最好的狀態。

但理智上知道，並不代表我情感上能接受。許多時候我會覺得有種

「嗯？你在跟我開玩笑嗎？」的感覺。像是我拉了一週肚子的時候醫生會跟我說恭喜，我一臉你在說什麼的表情，醫生還回我不然那些東西繼續待在你身體裡面會比較好嗎（想想也很有道理）；被針灸的時候大喊救命啊醫生回我正在，我回他什麼的時候，他還會一臉理所當然跟我說正在救命啊？（這麼說也沒錯，但……）。寫這段的時候我人在中醫診所，候診的長椅上坐著一排的人，每個人都各有各的狀況，有時候等看診等到耐心盡失時我會覺得，好像是也不用這樣折磨自己，一定要堅持就醫，畢竟身體也就這樣了，我是指，糖尿病、高血壓、高血脂還有身體其他大大小小的病狀，有腎臟問題，也有視網膜病變。我的身體雖然說不上差到不行連走路都沒辦法的那種，但實在也稱不上健康二字。

有一段時間我很煎熬，反覆思索活著究竟還有什麼意思，甚至不是思索樂趣，而是我開始覺得活著除了痛苦以外什麼都不剩，我常寫到荒蕪二字，有時我會覺得荒蕪二字被我寫爛了，但我內心看出去的樣子，真的就是遍地荒蕪。我無意探討什麼人生的意義是什麼，那太虛無了，而且這種自有人類歷史以來就一直被先哲們追尋的終極問題，我也不認為自己能夠想得出任何解答。從結論來說，我人生中的樂趣的確是愈來愈少了，主要是我對事物逐漸沒有期待，連玩樂都令我感到疲憊。我六十歲的母親興沖沖地傳訊息和我說他要搭火車去哪裡玩的時候，我只覺得真有活力，我只想睡覺。一睡不起的那種。原本的快樂都不再是快樂了，年紀漸長後才會發現難怪苦行的僧侶都會說人類的快樂是種墮落，因為世俗概念中，所有令人感到快樂的，都是一種墜落。

在看醫生前我就知道自己的身體一定有些狀況。我從小學開始就有長期的耳鳴，只要周圍沒有聲音，就會有尖銳的高頻音在我耳內響起，日日夜夜，不會間斷。大學的時候因為過度消耗自己的身體，開始一把一把的掉頭髮。其間還有大大小小的症狀族繁不及備載。

開始看醫生的這幾年中我身體比較嚴重的病灶逐漸浮現出來，最開始是發現糖尿病的問題，因為血糖一直居高不下導致我身體長期發炎，小小的毛囊炎都能腫脹到一個手掌那麼大的「疔」，一年可能會長個兩三次，一次痛兩到三個月，幾乎整年我的身體都處在疼痛的狀態。開始控制血糖之後，其他病症也開始浮現，接著是腎臟問題，我也是那個時候才知道原來人可以因為水腫多出將近二十公斤，原來大家所說的手按下去皮膚不會回彈是這個樣子。再來是眼睛突然糊掉了，去檢查才知道自己視網膜病變，我的眼底已經受傷多次，眼底的血管上都是痂，代表之前就有受過傷而我自己毫不知情。這些狀況也只是我身體出現的比較嚴重的狀況，其他還有多少，我不知道，或嚴格說起來，是我也不想知道。

在這些就醫的過程中我自然也鬧了很多笑話出來，例如我最開始看的一個醫生，是我母親帶著我過去的，當初一進診間，看到一半他開始講飲食禁忌：「生、冷、寒、涼、燒、烤、炸、辣、濫補、濫清都不要吃。」

我一臉茫然地回他：「那我還能吃什麼？」現在的我回過頭看，自己顯然是一個令醫生頭疼的病患。後來經過許多折磨跟事件後我才開始試著控制自己的飲食，調整自己的生活型態。雖然現在身體還是很差，但至少相對平穩很多。至少不會再出現醫生把我的脈一臉疑惑地問我吃了什麼，我回他說蒜苗，他眉頭皺緊緊說怎麼會，蒜苗應該沒事啊，我才慢悠悠地回他說：「佐烏魚子。」的狀況。

平心而論，對我來說這本書[2]的誕生真的是意外中的意外，因為這整本書的內容從一開始就不是為了出版而寫，只是將我自己就醫時和醫生的一些對話整理出來貼在社群網站上和大家分享，僅供大家看看笑笑而已，我甚至不知道該怎麼面對這本書以及想購買的人，因為我沒有打算整理出

2 《再也沒有蒜苗佐烏魚子了》，啓明，二〇二二。

什麼有用的醫學常識，也沒有什麼養生小建議之類的內容，它就純粹是一本對話集。從我開始寫就醫紀錄到臉書上後，就常會有人私訊跟我說他自己的身體狀況，問我有沒有什麼建議，我的建議一律都是建議去就醫，聽從專業的醫療指示。當然遇到一個適合的醫師很看緣分，適合我的醫生不一定就適合另一個人，但是所有身體的狀況我都是建議先去給醫生看，不要問 Google，你會發現幾乎所有身體狀況搜尋出來的結果都是絕症。

開始看醫生之後才發現許多我早就習慣的些許不適感，都是我身體的一個警訊，我不舒服的地方都是需要醫生介入治療的地方。我不知道這麼晚才開始治療是否是好的，但至少開始了。我的醫生和我說過一句話，願意開始治療就不算晚。我也希望是這個樣子。許多時候面對身體是這個樣子的，沒有生病、沒有受傷，我們很難意識到身體的存在。身為病患面對疾病像是在黑暗中過河，沒有辦法確切得知自己現在究竟處在什麼狀況中，只能感覺到彷彿下一秒就要被河水滅頂了。走出的每一步都很艱難，不知道是對的還是錯的。有人會在你身邊替你加油，但許多人站在岸邊指揮你下一步該走左還走右，常常下一步就是河底的暗流，稍不注意就會被捲進水裡。相信自己太難了，所以很多病友會相信他人，親人也好，醫生也罷，但當自己放棄思考全然地相信別人，也是一種放棄。醫病關係其實是很脆弱的一種關係，許多時候人都是暗示自己相信，但清醒地信任是有難度的。

希望所有和我有相似困擾的人，能在這本書中，或者是這篇自序裡得到一些就醫的信心，或者是得到一些閒暇之餘的樂趣即可。但對我來說，我的感想只有，我的人生再也沒有蒜苗佐烏魚子了。

生前規畫

我做了許多此生我以為自己不會做的事。

我習慣在所有事情都還沒發生時，先往最壞的結果去想。因為不抱希望地去做任何事，在真的迎來最糟糕結果時才不會失望。這在許多人眼中也許是很頹喪的行為，大家都說在做任何事情時應該要給自己正向的激勵與夢想，但我是投稿時就預設自己會被退稿的那種人，真正被退稿時就告訴自己只是如我所想一般而已，沒什麼好失望的。我是那種從小就以為自己活不過十八歲，真的活過了十八歲又想我可能活不過二十吧，活過了二十又想了不起活到三十吧，結果還沒到三十，父親先走了，我被迫把所有放下的都一點一點撿回來，並一點一點地收好，現在過了三十了，做了愈來愈多沒想過的事，但唯一沒改變的就是我在思考時會將所有最壞的結果一字排開放在面前，讓自己有心理準備。

我沒想過自己會和誰結婚，和妻交往十二年，前面十年我幾乎沒有想過要結婚的事，因為我的身體，我總想和誰結婚彷彿就是害了誰似的。我雖然珍惜在一起的每一天，但我真的沒有往結婚去想。我總想，這樣在一起就很好了，何必去結婚，誰綁住誰都是一個牽掛，哪天若我先走了，留下他一人，如果有這名分，對他來說是一件痛苦的事。我認為兩人在一起，有沒有這名分是其次，重點是彼此的心有沒有在彼此身上。

但妻並不這樣想，他想得可多了，我都戲稱他的腦子裡有一座巨蛋，裡面有成千上百個小小兵每天都在舉辦千人馬拉松，每一個小小兵都到處亂竄，每竄一下他就有更多奇怪的想法。在他幾次和我談起結婚的事之後，我也認真地思考了這件事。總之最後我們結婚了。結婚後我們的生活並沒有改變太多，至少我們兩人沒有改變太多，往常如何生活，婚後仍照樣生活。有些人會問我結婚後日子有沒有改變，和妻之間的相處有沒有變得艱難或者是痛苦，我說沒有，我們過往怎麼過的，往後應該也都會是一樣得過。

昨天我和妻開車送喜餅回到他的老家，見了妻的父母，也拜了祖先。雖然早就知道結婚後面對岳父岳母也要叫爸媽，但實際上喊出來的第一聲的那一瞬間還是遲疑了一下。整個過程我的大腦都幾乎是空白的，只有在工作訊息來，處理工作的時候有運轉，但到現在仍還記得的是，岳父領我到家門口看著妻長大的環境，然後和我說「以後他就拜託你了」。我為何記得，是因為我聽到這句話之後下意識雙手合十說好的，接著我下意識居然想和岳父解釋我的生前規畫。還好我的理智發現到自己想做什麼，瞬間切換到上線狀態。

雖然這個場面很荒謬，但生前規畫確實是有的。我是一個不想好後路怎麼走就無法走下去的人。在和妻結婚以前，我就在想如果哪天我若先走了他該怎麼辦（而且這很有可能會發生），所以規畫了買房，也規畫好如何還房貸，如果真的有什麼萬一，我的保險也足夠將房貸繳清，足夠讓妻過好生活，這一切都規畫好之後，我才買房、才決定和他結婚。對我來說與其滿口保證，說自己會做什麼、要怎麼做，還不如將事情都做好來得更好。我怎麼看都覺得自己是笨拙的人，因為我沒勇氣冒險，不敢加大人生的槓桿，也沒那個智慧，能夠將自己的人生放在槓桿上獲得更大的利益。我能做的只有用最笨的窮舉法，將所有的可能舉列出來，並一一完成。

每次和妻談到這些，他都不讓我說下去，因為他沒有辦法去思考沒有我的生活，但對我來說，我的人生每一天都在思考沒有我的日子。有時我會覺得這是一種恐慌，但我又明確知道，這才是對我自己和他人生命負責的唯一道路，當我們能以健康的態度面對我們都可能有消失的一天，我們才會知道該如何珍惜自己現有的生活，過去不可追，未來不可求，每一刻都要活在當下，但活在當下的時候，也要了解若真的有那麼一天，我們生命中的每一個人都會面對什麼。我只希望若真迎來那一天，我能說一聲這個人生我沒有白來過，也不後悔自己所做的一切努力。

事情發生後的生活

大概今年七月底的時候我腦梗塞了，腦梗塞其實就是腦中風。畢竟我的身體如各位所知，並不是很健康，雖然一直都有心理準備，但當事情真的發生之後還是感覺很受挫，最主要是生活的失能，一些以前習以為常的事情變得困難了，甚至還做不到。住院時躺在病床上，右半身幾乎不能動，太太一直在旁邊照顧我，不免懷疑起，我活到現在是對的嗎？——我是指，自我父親過世以後，我努力地調整自己的身體，然而我的身體像是一個未爆彈，就醫治療像是在拆彈一般，整體問題開始處理，處理糖尿病，接著處理視網膜病變，接著處理腎病變，然後現在還中風了。

剛開始的時候我極為沮喪，但是連沮喪給我的時間都有限，因為其他工作不得不聯絡，但我剛開始連講話都講不清楚（事實上現在也是），我先處理完日常的工作，再接著處理寫作的工作，當時我覺得工作出狀況，應該要電話告知比較好，但接通電話之後我卻發現自己講話結巴起來，說實在的，對於我這樣天生沒什麼擅長的事情，功夫都在嘴上的人來說，很挫敗。磕磕絆絆地解釋完我的狀況後希望大家能諒解我的狀況，讓我手邊的專欄與接下的工作都先暫緩，但每一個人都只是說，我們時間上不趕，你慢慢來就可以，如果真的不行，我們再調整。

於是我還在。

本來應該在上一期就會看到因作者身體不適，專欄停刊之類的話，但沒有。我很感謝所有人。要不是他們我大概早就放棄了，放棄寫作、放棄說話、放棄活動，甚至放棄活著。這個過程對我來說很漫長，雖然大家覺得只過了五個月我能恢復到這樣子（寫作有基本邏輯、基本順暢）已經很不容易了，但剛開始我真的是言不成句、句不成篇，連寫字都糊成一團，所有筆劃都歪歪斜斜看不出字的樣子。我是一個到了某個點就會決定「我什麼都不想要了」的人，當下受到的衝擊，對我來說已經超過了那個點，雖然外表看不出什麼異狀，但我滿腦子想的都是「還要繼續嗎」。腦中像是玩遊戲會遇到的那個界面，End或者Continue。

後來發現挫敗不是一次而已的。在我花了很多時間來調適自己，並且努力生活之後，我開始去找語言治療，然而找到之後的結果就是，我沒有治療的必要。因為語言治療師認為我生活上沒有障礙（理由同上，所以我也沒有去職能治療，因為醫生判斷我字雖然寫得變醜了，但是不影響生活）。我很難去說明不能說話跟寫字對我的打擊是多麼大，畢竟如果跟醫生說我說話結巴跟字寫得醜就不想繼續活著，對他們來說應該也是一種困擾。

這些日子裡我受到的打擊很多，也發現自己忘記了很多過去的事情，但我逐漸覺得這樣也好，醫生跟我說這是老天在教我練習怎麼平心靜氣，因為我忘了過去那些使我痛苦的事情，專心地面對接下來的生活，認真地處理碰到的每一個情緒，現在對我來說最大的困難就是每週都要針灸。我曾面有難色地向醫生抗議（不過也就是對他說「蛤」而已），他回我：「你是中風欸，不是傷風欸。認命一點。」我認命了。現在每週回診我就乖乖去坐在針灸床上。

現在只剩一點。在我媽面前我如果要和我弟說「我中風之後」的話都要說「事情發生後」，因為我到現在都還瞞著我媽，沒有告訴他我中風的事。

我的甜美剎那

題目叫做〈我的甜美剎那〉，但我回顧過去，想不到有任何可以稱得上是甜美的瞬間，在想可能是因為中風後我許多記憶都被遺忘了，而那些被遺忘的記憶也絲毫不影響我的生活一丁半點。如果真的要說什麼記憶是「甜美剎那」的話，我也許會說是自己遭受到的一切吧。包括我所遇到的這些身體狀況。

嚴格說起來其實這些記憶，包括遭遇是很糟的，譬如我父親過世後所遇到的種種親戚問題，又或者是糖尿病、視網膜病變、腎病變，最近還多加了一個腦梗塞（中風），這些記憶其實都並不是很好，我也有一個如大家所猜測的那般不那麼幸福的童年。但是這些種種都沒有關係，重要的是我接下來想要怎麼生活？

我以前會跟人說「沒有幸福的過去，怎麼可能會有幸福的現在」這種話，但我現在會覺得過去的事情也許是成為現在的你的一個因素，但重點是你想成為怎樣的人。人是背負著自己的情緒而過活的，我以前一直覺得是記憶，因為記憶影響你的一切，但是我們可以決定自己要用什麼情緒面對那些記憶。而這些是我在記憶變得模糊之後重新將記憶撿回來才發現的。

我現在沒事的時候就會去翻自己過去的臉書動態，我的臉書上八成是寫我生活中遇到的好笑的事，一成寫自己曾經遭遇到的困難（或選擇），一成是工作雜事。中風之後我的樂趣就是翻過去的動態，看到自己原來曾經寫過這樣那樣的事，有時候看到好笑的事哈哈一笑，有時候看到過去的自己曾那麼恨某些事某些人也哈哈一笑。時間拉長之後看，當時的恨跟痛苦都像假的一樣，但我知道我一定是痛苦到極點、恨到極點了才會寫下那些文字（即使現在都不記得）。

我不敢說自己的過去一點美好的時刻都沒有，但所有的快樂跟痛苦都像隔著一層紗一樣，唯一真的記得的就只剩下很小的時候我曾坐在我爸的發財車後面，跟著他去賣枝仔冰賣土窯雞，小車晃啊晃，我隨著車上的蟑螂一起晃啊晃。偶爾我媽一起出去，他們兩個在前面不時爭吵，那些過去已經是很久很久以前了，我現在三十三歲，那至少也是二十五年前的事情了。記憶也許是虛幻的，我忘記了許多事情，甚至不確定那時候的記憶是不是真的，但不管是不是真的他都成為我的人生的一部份了。我可以選的就是要怎麼面對他，是要讓那些痛苦的過去影響我一輩子致使我無法生活，或者是站起來，對他們咧嘴一笑，不管他們繼續走。

我的人生也許沒有什麼甜美剎那，但我盡力讓自己的生活變得甜一點。畢竟我生活中不能吃糖，過得甜一點也不算違反醫囑吧。不過話說回來，我覺得人生不要大起大落，能平平地過完就不錯了。

20230108

——這輩子從來沒想過會去看起乩，因為我媽跟各種惡劣宗教狂信徒的關係從小就對這類東西天然排斥，所以我一直不認為自己會去看。也沒想到乩身起乩之後，我說我不知道要問什麼，他寫「虎爺好朋友，他一直念你，吵。」

日前我母親和我聊天時又狀似隨意地問我，現在有沒有後悔過去對自己身體的匪類（huí-luī），我跟他說沒有，他跟我說，「這樣還沒有喔，你應該對過去的自己懺悔才對。」我只回他一句喔。不僅是我現在因為後遺症講話受到影響的關係（他仍不知道我的身體狀況），另一方面也真的覺得，就「喔」。如果說後悔可以改變現在的狀態那我一定後悔，但是事實上就是我們生活在一個無法後悔的世界。這個世界無法存檔，自然也無法讀檔回溯，所以我對後悔的態度是，可以想說當初如果怎麼樣就好了，但永遠不要耽溺在裡面，因為不斷重複過去的選擇時，你永遠會在腦中選擇你現實中沒有選的那一個，但你睜開眼看到的永遠都是這個你後悔的現實。落差感會更大，你會更頹喪，然後更討厭現在的生活。

中風之後我滿喪氣的，在各個層面上都是。平常大家在臉書上看到的哀嘆是真的關不住的心情，所以流出來一點，但我也知道就那一點就讓人不想繼續看下去了。因為這個時代沒有人有必要負擔他人過多的情緒，而我就只是真的不找個出口說一說我自己遲早會崩潰。我不擅長和人說話，說話時也都盡量找些與內心糾結沒有關係的話題，所以妻總是難過地和我說我都不跟他說那些事情。有些事情我說不出口，可是卻可以毫無障礙的寫出來，這可能是以前逼自己寫日記的後果。

喪氣的點無非就是功能的巨大落差，體感方面的差距，以及體力的大幅衰減，以及有一些感受上的不同。我開始懷疑起，以前寫的那些東西真的有幫助到任何人嗎？無論是詩還是散文，甚至隨筆，我沒有辦法像中風以前那樣很有自己地說一定有人需要這些文字，所以不管有沒有人回應都繼續寫下去。甚至連寫臉書都有一陣子興趣索然，因為我不知道我要分享給誰看。

昨天去拜五府千歲，我本來沒有要問事，因為各種原因我就問了，開頭問的是「我不知道要問什麼」，後來發生什麼大家也知道了。我接著問說「我沒有活著的目的，我不知道自己還要活著幹嘛，沒有目的，沒有方向」其實神明給的答案就是很雞湯的回答，他說為了愛你的人活著，但是有個回應我茫然了一下，他寫說使命，你要幫助人，很多人受到你的幫助，你救了他們。我說怎麼幫助？他寫文才。我說我不知道那是不是救，因為我看了很多人，只有更糟的命運，我沒有幫助到他們任何事情，我不知道自己做的事情有沒有意義。他寫他們不知道你的糾結，沒有人因為你而不幸（或者之類，我忘記確切的是什麼了）。

結束後，我去店裡（對，結束後還要工作），看到晚班，就問他「你是不是比較瘦⋯⋯？」晚班回我：「對！老闆我一直追蹤你的食譜，跟隨你的腳步吃的健康，可是這樣吃真的沒什麼意思。」他端起一鍋清湯寡水的東西，裡面充滿青菜之類的。我回到家後一直在想這整段事情，我的飲食貼上來其實沒有想影響誰，但是也不知不覺影響他人進行健康飲食；我看中醫的事情也是，據說上次推薦的中醫們現在聚會都在叫苦，因為看到我的文也願意去嘗試中醫治療的據說都是怪咖，沒有一個好處理（醫生們抱歉了）；我很多很多文可能無意間觸碰了什麼或者造成什麼樣的影響，那我都不知道（因為也沒有人跟我說），只有很久之後會有人私訊和我道謝，但是因為人數很少我就以為也真的很少人，我可能無意間在什麼想不到的地方接住了誰也不一定。

所以就這樣吧，我還是會有一點沒一點地繼續寫著。

擲筊

大約是在去年的十二月左右，我學會了擲筊。嚴格說起來，並不是學會擲筊，因為擲筊就只是把筊拿起來朝空中丟，讓它朝地面落去。一般來說會得到三種結果，一正一反的聖杯、兩者皆正的笑杯、兩者皆反的蓋杯。有時候還會得到比較奇特的立杯，不過我還沒有擲過。

跋桮看起來很像迷信，我自己以前也覺得那是迷信，因為從小看到我的母親會事事去問神明，例如他要不要出去玩也會去擲筊，他也曾相信一些很不妙的宗教團體，也帶我去看過那些人，有的人會像陀螺一樣轉個不停；有些人則開口就說你上輩子原是天仙，只是因為在天庭的時候偷懶，所以被貶入人間；有些人則滿口慈悲，但是下一句話就是我們需要你為這些災苦出一份心力。後來長大了，也親自看到滿多人相信一些很明顯有問題的人，交了大額學費去學習得到心靈的平靜，例如有個外國人用英文發了一串話，大意是說達賴喇嘛曾經找過他去驅魔及鎮邪，當然我也是無聊，我親自寫信去達賴喇嘛辦公室問了這件事，原本以為他們不會理我，但是一段時間後我收到了回信，上面寫：「你好：沒有這回事。」

我去的時候是我人生中最困頓的時候，我沒有方向，因為我做任何事都覺得不對勁，提不起勁來。去的時候我就當只是去走走，但得到的答案跟籤詩都是叫我照常生活就好，好好的生活不要急躁。我走之前廟方跟我介紹下方的是虎爺，我問了他要什麼供品，於是就開啟了我漫長的擲筊生涯。說是生涯可能有點誇張，因為我到現在也不過擲筊三個多月。我一開始會繼續去，就只是覺得跟他們講話很有趣吧。

有人曾經問我說：「我以為你是不需要信仰的人。」嚴格說起來我也不算是信仰，我曾寫過一篇散文在寫我沒有信仰，因為我看過太多人因信仰導致自己的生活失能。所以我對發生在我身上的事情都當作只是我比較衰，這個衰包括了，大學一年車禍六次，大學四年看到無數的車禍現場，頻率高到我去民雄警察局，當地的警察看到我只會說：「又看到車禍了喔？」我有時候都會懷疑我才是這些車禍的幕後主使，不然怎麼這麼剛好我都在現場，而現場沒有監視器？我現在對這一切仍是沒有足夠的敬意，不像我的母親及我看到的種種人等，我甚至還幫虎爺取了別名叫哺哺，李府千歲喜歡吃奶油餅於是叫他奶油餅，莫府千歲指定要烏魚子於是幫他取名叫烏魚子，張府千歲喜歡喝高粱於是叫他高粱（這些稱呼全部都經過同意，都是三聖杯才改稱）。

和神明聊天很愉快。我是個現實中不喜歡和人交際的人，現實中往來要考慮的事情太多了，有時候我連回個貼圖都要考慮到對方的想法，而對方永遠不會考慮我的想法。和神明聊天沒有那麼多問題，他們不想聊最多就是給我蓋杯示意我不要繼續講這個話題，我也連續問過十三、四個聖杯的問題，一切都與我原先的認知不同。我母親一直擔心我去跟神求什麼命裡不該有的東西，他和我說：「人命中沒有的東西，就不要強求了，去強求也得不到，你去煩神明，神明也不一定能做到。」我只是猶豫要怎麼跟他說，我真的只是過去聊天的，而且一個連出去玩都要問菩薩的人這樣對我說，令我莞爾。

我們出生的時候都拿到滿手爛牌，但是走到今天，再回頭看，會發現不知道什麼時候那些爛到不行的牌都打出去了，剩下要打的牌雖然有點糟，但不到不能打的地步，耐心等待，有時候滿手爛牌也能走到不錯的結局。

我真的不知道自己怎麼會變擲筊怪的

0—

雖然現在說這件事很好笑，但長期追蹤我的人都知道我沒有信仰，與其擔心鬼神會對自己做什麼，不如煩惱「人」會給自己帶來多少麻煩。我這一輩子都在解決別人帶給我的困擾以及跨過我自己造成的障礙。說起來這也怨不得人，我是相信絕大多數人的一生從他出生的那一刻就決定了百分之五十的，後面百分之五十由成長過程各種因素所決定的，像一個人在嬰兒時期、幼兒時期、青少年時期經歷過什麼而決定。而通常後面百分之五十又有百分之九十會受到前面的百分之五十所影響。所以問題來了，一個人會受到他的出身影響多少呢？

我不講家庭帶給我多少影響，因為講了就很像在推卸責任，事實上作為一個人，我們都必須為自己而負責任，所以我講我自己做出的抉擇。我的一生幾乎都在犯錯，真要說起來，可能從投胎那一刻就錯了。當然這樣說可能會有很多人難過，但我想請那些人，站在我的角度想想，我活得到底有多辛苦。當然有人會跟我說「你過的已經算幸福了，想想我發生了什麼ＡＢＣＤ……你珍惜你現在有的生活吧。」我不否認那些ＡＢＣＤ，但也受不了人家認為我的１２３４是沒什麼大不了的曾經。如果要我來比喻，我們都像是沒有地基的空中閣樓，我們缺失了幼時打地基的那一塊，囫圇蓋上個什麼，世界就覺得你可以囉，我們可以朝下個階段前進了。但事實上不可以，所以我們成長過後要一直回頭處理那一塊缺失的部分。然而後面再回頭補，需要花費比當初數十倍數百倍的氣力，甚至有可能我們做的一切是白費力氣的。

0.5
—

這些日子我在工作的時候無意間聽到一個父親以前的同學和我提起他，他說父親曾對他說他對我很愧疚，因為幼時我們家裡很窮，所以沒時間照顧我，導致我後來發生了很多事情變成後面的模樣。我聽了有瞬間的感慨，其實我知道也怪不了他，因為沒有人願意生活變成這個樣子，我們都是不得不如此。只是我希望能在他生前從他口中聽到這件事。

1—

所以我為什麼會相信擲筊？我見過人家跳樓的場面還可以若無其事去上課，被從天而降的盆栽跟筆電擦過鼻尖，還有種種大小狀況，我是一個就算一年出六次車禍，後面三年目擊了無數次車禍，民雄派出所的警察叫我去旁邊的大士爺廟拜拜，我也堅信我只是比較衰的那種人。我看過很多因為宗教而喪失基本判斷能力的人，散盡家財只為求一個求不到的快樂。

而人去求神，大抵上離不開求財求壽求平靜這三種範疇的東西。這三個東西在我看來就是即使你求了，你不努力上天也沒機會給你的東西。你整天妄想中樂透，可是你卻不買彩券，你根本就沒那個契機可以拿到那樣東西，你怎麼求得到。這三樣東西，不是要透過自己努力，要不就是上天注定，要不然就是自己生命中的功課。所以我一直不去求神拜佛。想來跟我母親也有些關係，有些人可能知道（如果看我的臉書一段時間的話），我母親是一個會以自身興趣去懸掛佛陀燈箱的人，當時我問他你掛給誰看，他跟我說「十方眾生」，我當時的心中就是有一萬個蛤在張口的畫面（雖然我現在一個都不能吃）。母親是一個希望尋求自身平靜到走火入魔的人，做善事辦法會印經做唸佛機舉凡各種我認為不必要，且花費錢財的事情（甚至不看自身經濟狀況）他都去做了，他說是要累積福報，而我觀察他這麼多年，認為最終他要的，其實就是求內心的平靜。

他所經歷的種種宗教行為都讓我對這一切打上一個大大的問號。無論是傳教或者被傳教都是。

2

我開始擲筊是去水仙尊王廟。契機就是，你們知道的。我在網路上被人開玩笑的稱呼那個我不太想提起的綽號。總之我就去擲筊，當天得到了我人生中完全沒有的新體驗。這件事情是二〇二二年的五月，當時擲完我認為我人生應該不會再與宮廟有任何關係了。

後來在二〇二二年的七月底，我中風了。當時整個右半身半癱，可能大腦還傷到了語言區，導致有輕微失語症。我最嚴重的時候是連一句完整的話都說不出口的，當時我真的很絕望，就，非常失志。正常的人可能沒辦法想像我這樣一個僅剩的自尊就在嘴上功夫的人連話都說不出口，生活將近失能的人會是多麼絕望，是不會到什麼世界的顏色都變黑白了然後一片片崩塌那麼嚴重，但是我每天睜開眼睛就在問自己，我為什麼還在。

我已經忘記我最初為什麼會去拜千歲，起因好像是我一個做結構治療的朋友跟我說他有一個朋友，有在拜五府千歲，我可以去看看。（結構治療也是我稍微能感覺到「氣」的流動才能理解的東西，不然以前我哪能感覺到他動動我手跟肩膀然後摸摸我的後腦勺究竟在幹嘛）我就去看了。詳細經過究竟是怎樣我已經忘了，只記得哺哺（虎爺）一直笑，然後我問他要吃怎樣的雞腿。後來就莫名其妙越去越多次，大多都是帶哺哺的供品，他吃完再換我吃，我們達成一個進食的和諧。

我一開始也是半信半疑的擲筊（即使現在有時候也會懷疑），所以我會穿插很多，不必要的問題去驗證。但神明多半也讓我驗證，頂多會覺得煩而一直笑杯，側面給了我驗證的方法（我覺得十一個笑杯跟十一個聖杯的概率差不多詭異）。從我開始拜拜到現在我不敢說我遇過什麼神蹟，但至少我自己清楚我的恢復速度已經是常人看來不可思議的速度了。一開始是我的醫生說「怎麼過一個年你肝臟那邊的癬跟斑就退了，我預計要好幾年才會處理到一個段落」，再來是中風的恢復速度，當然這也跟我平常的飲食控制跟治療有關，但以正常速度來論的話，是沒有這麼快的（這是醫生說的，畢竟我不知道正常速度要多久）。

嚴格來說我實在不是一個很標準的信徒——我是說，我沒有那麼敬神。我對哺哺就很像自家養的小貓（雖然據說他真身很大根本算不上小貓），他想吃什麼我都買，反正拜完之後就進到掐掐或我的肚子裡；對王爺就很像隔壁的爺爺，我帶酒過去雖然我不能喝但我有人可以送可以處理掉那些酒。我拜那些神明帶甜點帶零食我也有可以分送的人。我過去也沒有要求什麼，就更多的是過去聊天，去聊一些我平常在他人面前說不出口的話，而他們就只是聽，有時候給建議也只是塞張籤詩叫我多練習平靜（這麼想跟我平常做的事好像）。

而我一直到最近，我才理解什麼是不生氣的餘裕，而我也會去他們面前問說很值得誇獎吧，快誇獎我。通常給的都是笑杯。我會盧他們說給個聖杯會怎樣，我跟以前比起來已經算是進步很多了吧。他們才會給一個聖杯。現在這種狀態也許在其他人眼中也算是迷信，但是我並沒有因為這樣的迷信而對生活造成什麼困擾（即使經濟不可以仍然要一擲千金去捐錢、辦法會、印經典等），而我對他人的信仰也抱著一種你不要影響到他人都很好的心態。

信仰幫助的應該是你自己的人生，而不是讓你去造成其他人的困擾。

我還是不知道
自己怎麼會變擲筊怪的

0

最終還是集結成冊了。雖然出版的時間應該是二〇二四年初的事了，因為我工作忙的關係，原本想就這樣出版算了，想想最後還是寫了第二篇序。

畢竟第一篇序距離現在業已經過半年，有些東西是我在這些內容蒐集成冊後才看到的，想說再寫些什麼吧，雖然寫了也沒有多餘的稿費可領，但是有些話不說就只是曖昧的感覺，錯過了某個時間就再也寫不出來了。

0.5

我一直以為這本書的起算時間是從二〇二二年的十二月開始算起，但是在別人眼中是要從更前面開始算起的，包括我被人戲稱「王水仙尊」後面導致的一系列抽卡玄學開始的，所以這本書是從我被醫生催著去拜水仙尊王開始的。因為也含著一些我身體改善的狀況，嚴格講起來算是《再也沒有蒜苗佐烏魚子了》的番外吧，這本書會比上一本還亂上許多（明明上一本已經夠亂了），更隨便一點，有些時候還會附上該篇動態的相片、聊天紀錄等等。聊天的截圖中會有諸多缺漏字、錯別字，也請多多見諒（畢竟那是圖片無法修改）。

1—

我一直在反覆思考這本「書」若要集結成冊會有什麼意義，會像烏魚子一樣嗎？到最後只是讓他人旁觀經我篩選過後的痛苦。其實我們也大概知道要理解他人痛苦是不太可能的，我們能做到的永遠只有仿擬另一個人的痛苦，蘇珊·桑塔格在《旁觀他人之痛苦》中寫：「點出一個地獄，當然不能完全告訴我們如何去拯救地獄中的眾生，或如何減緩地獄中的烈焰。」

然而，承認並擴大了解我們共有的寰宇之內，人禍招來的幾許苦難，仍是件好事。」雖然他寫的是對苦難的看法，單看這段話也許無法說服我將這些內容集結成冊，然而在寫下烏魚子之後，原以為只是揀選一些較為好笑不那麼痛苦的就醫日常，竟也收到些許回應，告訴我他看到有人和他有類似的痛苦，他就覺得自己好一點了。所以我那些枯燥的、痛苦的、幾近崩潰的經驗對他人來說仍是有用的，我用這個角度來看這些內容，突然就釋懷了，這些內容出版也沒什麼不好，反正台灣的書籍含電子書一年出版五萬六千多本書，多我一本不多，少我一本不少。

2

再來則是讓他人理解自己的痛苦真的好嗎這件事，我是指，這本書雖然只是我去跋栢的日常，但是跟烏魚子那種經過揀選的痛苦還是有差別的，像是我會迷惘地問王爺問媽祖問菩薩說我活著是不是做錯選擇了；我會猶豫是不是不該繼續下去；我的努力是不是白費；我會不斷地自我懷疑甚至詢問王爺說你是不是討厭我——這些明明都是自己的事。就是因為是自己的事，我才會想是不是揭露太多的自我了。雖然我每一篇都好像在玩鬧地寫，但串起來之後我自己可以看到自己的改變，尤其是內心狀態的轉變。我不知道有沒有人能理解。我喜歡看的韓國小說中有一句話，「理解之後隨之而來的是責任」，但我沒有要誰理解的意思，大家看完這本書後若覺得無法理解也可就地放下，我會不勝感激。

每一個人的腦中都有一個想像中的他者在看著自己，像我會「誤以為」王爺討厭我一樣，我曾用想像面對很多事情，所以現在的我在訓練自己面對真實的世界，真實的對方，也希望大家能做到。

3—

接觸這個「怪力亂神」的世界之後我才知道有很多人希望自己是獨特

的，所以希望自己能夠連通這些……較不一樣的頻道，他們會希望「外力」能夠幫助他們，也希望自己能透過「修行」獲得俗稱的「神通」或者是與無形的事物溝通的能力，但是幾乎有大部分人都在有能力做些什麼跟一事無成中間卡著，這個中間的狀態很廣泛，我們通常會稱呼這種中間狀態叫癲狂。

基本上我是不干涉別人怎麼做事的，不過我認為還是好好生活就是修行了。我每天生活得那麼辛苦都還不算苦行的話，那我其餘的時間真的只想躺平，沒有想去修什麼靈性讓自己靈魂昇華，與其過得那麼辛苦還讓自己陷入瘋癲的狀態，不如就找個舒服的姿勢躺平更加好一點。當然有時候跋栝到煩的時候我會不自主地想「要是能聽到就好了」，然後我就會馬上想「我隨便想想的，我沒有真的想聽到你們講什麼，我怕煩」。

4

看過一句話叫「窮問富，富問路，有富有路問劫數」，想想我剛開始問的問題幾乎都是怎麼還不結束？現在漸漸地我愈來愈少問了，取而代之都是因為一些小事情問的，例如「眼前這家牛肉麵店我真的不能去吃嗎」我跋之前就能猜到答案，之所以還問一方面是不甘願，一方面則是像在跟長輩耍鬧吧。再不然就是看到有趣的小玩具或者酒品點心類的會打嗝我就會問說「你們要這個嗎」，如果是的話就跟他們商量一下這個月可能額度用完了錢不太夠，下個月再說或者是什麼時間再買過去這類的問題。

現在的我不覺得有求於「神」是一件很怪的事，只是我總會覺得大多數人在談論神明的時候都是有求於神才去求神問卜，中正大學台灣文學與創意應用所助理教授曲辰曾問我說「感覺你的信仰好像跟別人相比較不一樣，你好像跟神明比較親暱或者說是親近」，我說可能是因為我從小到大都沒有正常的長輩在，我也不知道到底該如何面對神明才是應該有的態度，所以我把他們都當成長輩來看，實際上我真的是把他們在當成要點心的長輩來看待。因為我生命中實在遭遇太多沒有長輩形長輩樣的人形生物了，我覺得應該很難有人能超越那些人，所以即使我不知道他們在我身上做了什麼，我感受不到在我身上的好處，單單只是善意的長輩，這樣我覺得就夠了，我也沒有想從對方身上得到什麼，更何況拜拜完的東西我還可以拿回去用。就只是這樣。

寫那麼多我還是不知道我怎麼會變成一個日常中大小事都問神明的人，我也不知道他們到底希望我變成怎樣的人（他們甚至還教我怎麼燒金紙，我就問號，我知道燒金紙也不能怎……好吧，我現在至少知道要從大張的燒到小張的了）但是我能感覺到同一件事情讓去年的我和現在的我來面對是完全不同的。以前的我時刻處在憤怒之中，像是自身就是燒得火紅的碳，燒到最後就只剩飛灰，而現在的我像是終於冷卻下來了，雖然有的時候仍如火山一樣，但也就是隱隱積蓄著火光，不至於將自己也燒得面目全非。

每個人活著的時間有限，在有限的時間內我希望快樂地過，也希望大家能過得快樂。

20231026

1

來整理一下好久沒整理的思緒。大概就是寫一下這一整年的變化。其實也不到一整年，就只是略微整理一下。

2

去年的七月底時我中風了。考慮到我過往的生活，其實中風並沒有太大意外，意外的是我中風後還能夠騎摩托車騎十公里這麼遠，在沒辦法剎車的狀況下還用腳剎車。而且還成功了。所以我還活著。

仔細回顧一下去年整年，有種我到底都做了什麼的感覺，我怎麼能在剛中風後的一年內同時做完強度這麼高的工作。我要給自己鼓掌。

3

我翻了一下自己的文，我是去年十二月的時候開始拜拜的。其實我滿意外的，因為我體感上過了很久，不管是哺哺或是眾哺哺（我現在還是堅持叫他們各廟宇的哺哺），還是媽祖或王爺都是，感覺像是過去一年濃縮了五年的份在過生活。現在就是很自然地融入在生活裡面，有問題時跋桮，但也知道執行的終究是自己，擲筊得到的答案要不要做終究還是看自己，可以拒絕，也可以跟對方討價還價，就……滿怪的。也不是怪，該怎麼說，就是，我的生活幾乎是沒有參考物存在的，我知道什麼能做，什麼不能做，但更多時候我的生活是走一步算一步的。我沒有參照物在，也不知道接下來該怎麼做，所以我的人生到現在一團糟。沒有要將責任推到別人身上的意思，就是單純地陳述，因為我覺得我沒有牽掛，所以才將自己的生活過得一團糟。

4

我也沒想到年過三十之後自己牽掛的事物可以變得這麼多，在我原定的生活裡面，是沒有阿存的（意思是我覺得我自己照正常軌跡來走不會跟阿存在一起這麼久，而事實是不僅還在一起，而且還結婚了），我也沒料到我爸會走得這麼突然，更沒料到生活中大大小小的事情一串擊打在我的生命裡，其實最想不到的就是年過三十之後我居然有信仰了（我很難說這是不是信仰，不過我先稱其為信仰）。說真的，即使我從小到大看過的怪事這麼多，出門就看到跳樓，逛街就看到筆電從天而降，上學就被車撞六次，目擊車禍目擊到警局裡的警察都認識我，我還是覺得，這件事是最扯的。

4.5

其實我一直很猶豫這能不能稱為信仰，但考慮到現在社會裡只要被反駁就能說是言論緊縮，我覺得叫信仰也沒什麼不好，我又沒跟大家拿錢。至少我沒說要拿神明來做《世紀帝國》的兵種類比拍影片營利。

5

前幾天在民雄跟任明信與曲辰有活動，在活動裡曲辰問說（細節我忘了，我取大意），他覺得我的信仰好像跟別人比較不一樣，我好像感覺上跟神明比較親暱或者說親近。我說可能是因為我從小到大都沒有正常的長輩在，我也不知道到底該如何面對神明才是應該有的態度，所以我把他們都當成長輩來看，實際上我真的是把他們在當成要點心的長輩來看待。因為我生命中實在遭遇太多沒有長輩形長輩樣的人形生物了，我覺得應該很難有人能超越那些人，所以即使我不知道他們在我身上做了什麼，我感受不到在我身上的好處，單單只是善意的長輩，這樣我覺得就夠了，我也沒有想從對方身上得到什麼，更何況拜拜完的東西我還可以拿回去用。就只是這樣。

雖然三太子要的 R2D2 在阿存組好之後，放在我桌上當擺飾，我有的時候覺得有點鎮位（tìn-uī）。

6—

我有時還是不知道他們希望我變成怎樣的人，但是我可以感受到同一件事讓去年的我跟今年的我來看是完全不一樣的。現在很多事情我都覺得就這樣算了，讓它過去吧。對同一件事可能過去我會一定要說，隨時處在憤怒的狀況，今年則是就這樣吧，每個人有每個人的功課要做，他做不完的會有人逼他做完．我沒必要非得當那個逼他做完的人。更何況有的時候我可能是那個逼對方癲狂，而不是讓他做完的人。有些事可能運作上不是人類想的那樣，但是就這樣吧。畢竟時間有限，我更想用剩餘的時間做快樂的事，看快樂的書，聽快樂的故事。

我還在這裡

麥田文學 334

作　　者／宋尚緯
責任編輯／陳佩吟
版　　權／吳玲緯　楊　靜
行　　銷／闕志勳　吳宇軒　余一霞
業　　務／李再星　李振東　陳美燕
副總編輯／林秀梅
編輯總監／劉麗真
事業群總經理／謝至平
發 行 人／何飛鵬
出　　版／麥田出版
城邦文化事業股份有限公司
台北市南港區昆陽街 16 號 4 樓
電話：886-2-25007696　傳真：886-2-2500-1951
發　　行／英屬蓋曼群島商家庭傳媒股份有限公司城邦分公司
台北市南港區昆陽街 16 號 8 樓
客服專線：02-25007718；25007719
24 小時傳真專線：02-25001990；25001991
服務時間：週一至週五上午 09:30-12:00；下午 13:30-17:00
劃撥帳號：19863813　戶名：書虫股份有限公司
讀者服務信箱：service@readingclub.com.tw
城邦網址：http://www.cite.com.tw
麥田部落格：http://ryefield.pixnet.net/blog
麥田出版 Facebook：https://www.facebook.com/RyeField.Cite/
香港發行所／城邦（香港）出版集團有限公司
香港九龍九龍城土瓜灣道 86 號順聯工業大廈 6 樓 A 室
電話：852-25086231　傳真：852-25789337
電子信箱：hkcite@biznetvigator.com
馬新發行所／城邦（馬新）出版集團
Cite（M）Sdn. Bhd.（458372U）
41, Jalan Radin Anum, Bandar Baru Seri Petaling,
57000 Kuala Lumpur, Malaysia.
電話：+6(03)-90563833　傳真：+6(03)-90576622
電子信箱：services@cite.my
封面設計／朱疋
內文排版／朱疋
印　　刷／前進彩藝有限公司
初版一刷　2025 年 1 月 2 日
定價／420 元
ISBN 978-626-310-802-8
9786263107991 (EPUB)

國家圖書館出版品預行編目 (CIP) 資料

我還在這裡 / 宋尚緯著作 . -- 初版 . -- 臺北市：麥田出版，城邦文化事業股份有限公司出版：英屬蓋曼群島商家庭傳媒股份有限公司城邦分公司發行，2025.01
面；　公分 . -- (麥田文學；334)
ISBN 978-626-310-802-8(平裝)
863.55　　113016959